日光 鬼《き》怒《ぬ》川《がわ》殺人事件

梓 林太郎

祥伝社文庫

目次

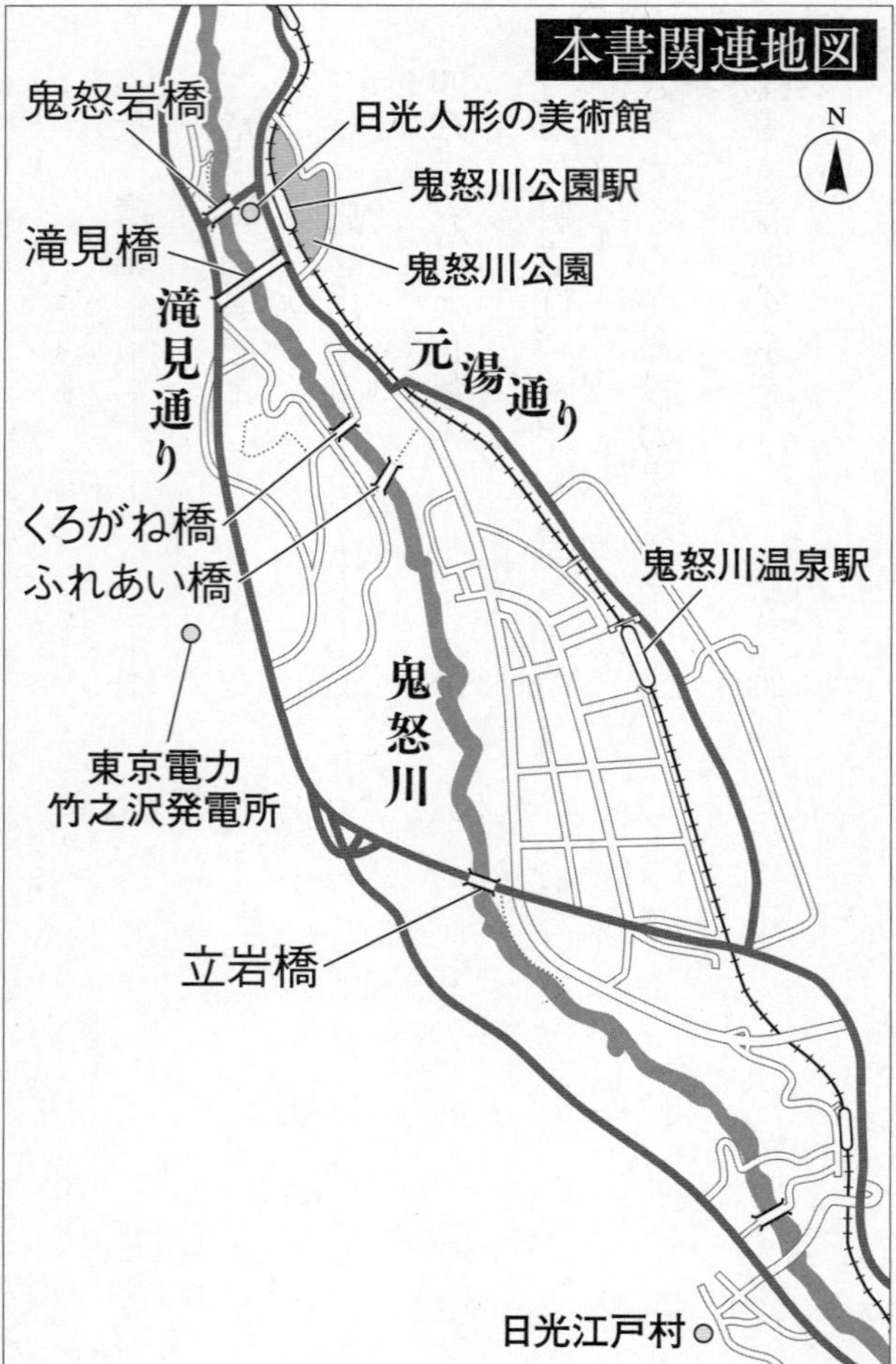
本書関連地図
N
鬼怒岩橋
日光人形の美術館
鬼怒川公園駅
滝見橋
鬼怒川公園
滝見通り
元湯通り
くろがね橋
ふれあい橋
鬼怒川温泉駅
鬼怒川
東京電力
竹之沢発電所
立岩橋
日光江戸村

一章　遭難

1

　茶屋次郎《ちゃやじろう》事務所は、渋谷《しぶや》駅ハチ公口から歩いて四分、道玄坂《どうげんざか》沿いのビルにある。

　きょうの茶屋は、午前十時十分前に事務所に着いた。

　茶屋のデスクの下のうす暗がりから、ハルマキが朝の挨拶《あいさつ》をした。地震の揺れを察知して避難したときと同じ格好だ。茶屋は階段を昇っていたので、地震を感じなかったのか。

　ハルマキは、片手で床を撫《な》でている。なにをしているのか。

　茶屋は黙ってこごんだ。彼女のモモのかたちだけが見えた。

「イヤリングが片方、なくなっちゃったの。たぶん、掃除機をかけてるとき、落ちたと思うの」

　彼女はからだをちぢめているので、声は苦しそうだ。

「掃除機に吸い取られちゃったんじゃないのか」

「そう思って、見たんだけど、なかったの」

哀《かな》しげな声に変わった。

「掃除中じゃなくて、駅からここへくるまでのあいだに、落としたんじゃ」

そうだとしたら、彼女のイヤリングは、駅から洪水のごとく吐き出される群衆の足に踏《ふ》み潰《つぶ》され、こなごなに砕《くだ》けて舞い散ってしまったことだろう。

「高い物なのか？」

ハルマキが、高価な部類に入る宝石を身に着けているわけはないと思ったが、訊《き》いてみた。

「いちばん気に入ってるのなの」

「だれかに、もらった物か？」

「お正月に、浅草寺《せんそうじ》の仲見世《なかみせ》で買ったの。ほら、これと同《おんな》じ」

彼女は、茶屋に尻を向けたまま左の耳を指差した。

「そんなとこへ、いつまでも入っていないで。……サヨコはどうした？」

茶屋はせまい事務所を見まわした。

いつもはパソコンの画面をにらんだまま、朝の挨拶をするサヨコの姿がない。

「さっき電話がありました。サヨコは、御茶《おちゃ》ノ水《みず》駅で事故に遭《あ》ったので、ちょっと遅れる

「そうです」

ハルマキは、茶屋のデスクの下を抜け出す拍子《ひょうし》に頭をぶつけ、「いてぇ」といった。

「事故に遭った。……どんな事故なんだ？」

「分かりません。事故っていっただけでした」

近ごろ、駅のホームでの人身事故が多いが、まさかサヨコは、進入してきた電車に触れたのではあるまいか。

「サヨコは、御茶ノ水駅って、いったんだな？」

茶屋は、訊き直した。

「そうです」

ハルマキは、スカートの埃《ほこり》を払う手つきをした。

「けさは、なんで御茶ノ水なんだ？」

「そういえば、ヘンですよね。御茶ノ水っていうのは」

サヨコの住所は、葛飾《かつしか》区新小岩《しんこいわ》である。総武《そうぶ》線を山手《やまのて》線に乗り換えて渋谷へくる者が、御茶ノ水とはどういうことなのか。

茶屋は、ハルマキに、サヨコに電話してみろといった。

ハルマキは、黒革に銀色の星がいくつも付いたバッグからケータイを取り出した。

「えっ、どうしたの、なんで。……あらっ、切れちゃった」

サヨコは、二言三言で切ってしまったという。

「どうしたんだ?」

「サヨコはいま、神田《かんだ》警察署だって」

「警察に。……あいつ、痴漢《ちかん》の被害に遭ったんじゃないのか」

「そうかも。で、警察で事情を……」

ハルマキはサヨコのことよりも、自分のイヤリングに未練があるらしく、パソコンやソファの下をのぞいている。

旅行作家である茶屋次郎事務所には、「秘書」を自認している女性が二人いる。

その一人がサヨコで、本名は江原小夜子《えばらさよこ》、二十五歳。身長一六二センチ。スリムで、日本人にしては尻の位置が高くて足が長い。顔はタマゴ型で、目鼻立ちがくっきりしている。公園通りなどを歩いていると、たいていの男がその容姿に見とれるし、振り向いている。たまに茶屋が並んで歩いていると、なにかを投げつけたそうな目つきをする男がいる。

ハルマキにも本名があって、春川真紀《はるかわまき》。歳はサヨコの一つ下。サヨコよりも二、三センチ背丈《せたけ》が低く、頬も胸もふっくらとした色白だ。

サヨコは、事務能力にすぐれていて、茶屋が取材して書く原稿をパソコンで整理したり、新聞や週刊誌に載せる紀行文などを入力し、編集担当者に送っている、明朗で、伸び伸びしているようだが、口やかましくて、少々ムラ気な一面がある。血液型はＡＢ型。

ハルマキはサヨコの補佐的存在だが、おもな仕事といったら、三人分の昼食をつくるぐらいである。毎朝、出勤して三十分もすると食材を買いに出掛け、一時間は帰ってこない。おっとりした性格がそのまま面貌《めんぼう》にあらわれていて、茶屋がたまに小言をいっているときでも、眠そうな表情をしている。血液型Ｏ型。

「お昼、なにがいいですか？」

どうやらハルマキは、イヤリング捜索をあきらめたようだ。左の耳朶《みみたぶ》には銀色の鎖の下に水色の玉が揺れている。

「焼きそばを食いたくなった」

と、茶屋はいったが、サヨコのことが気になって、ケータイに掛けた。が、電源が切られていた。彼女は、御茶ノ水駅の所轄《しょかつ》の神田署へ連れていかれて、事情を聴かれているにちがいない。彼女が痴漢の被害に遭ったのではないかという茶屋の推測はまちがっていて、電車内か、あるいは駅舎内での彼女の行為が犯罪にあたるとして、取調べを受けているということも考えられる。

ハルマキは、サヨコがどうなっていようと関心外というふうに、布製の白いバッグの底にケータイを放り込むと、事務所を出ていった。

ハルマキが買い物に出掛けて、ほぼ一時間が経《た》った。サヨコから電話が入った。彼女は、これから事務所に向かうといった。

茶屋が案じていたことはあたっていなかったのか、彼女はしょげているようではない。彼はつい、なにがあったのかと訊いたが、彼女は事務所で話す、と冷静ないいかたをした。

窓に差していた薄陽を雲がさえぎったらしく、デスクの上が暗くなった。ハルマキがもどってきたところへ、友人の三田村旭《みたむらあきら》が電話をよこした。

茶屋と三田村は、二十二、三年前、北アルプスの山小屋で知り合ったのがきっかけで、親交がつづいている仲である。

おたがいに、「しばらく」といい合った。一年ばかり会っていなかったからだ。

「相変わらず、忙しそうじゃないか」

三田村は、書店で茶屋の著書や、新聞に載る週刊誌の広告で、その仕事ぶりを知っているのだ。

「以前、何回か会ったことのある、糸島英俊《いとしまひでとし》を覚えているだろう?」

三田村はいったが、その声には曇《くも》りが感じられた。

「東明舎《とうめいしゃ》に勤《つと》めている糸島君だな?」

茶屋は、端整《たんせい》な面長《おもなが》の糸島を頭に浮かべた。総合電機メーカーの技術者だ。

「糸島の奥さんから連絡があって、彼が山で亡くなったっていうんだ」

「なにっ、山で。糸島君は山をやってたのか？」

「それなんだよ。おれは糸島から、山へ登ったとか、登るっていう話を聞いたことがない。彼が山をやってるんなら、一度は一緒に登っていただろうし、どこへ登っているかっていうことぐらいは訊いていたはずだ」

三田村は、糸島の遭難について詳しいことが分かったら、また電話するといった。

きょうは、いろんなことが起こる日なのか。

ハルマキの身にはなんの変化もないらしく、まるで鼻歌でもうたっているような背中を見せて、買ってきた物をバッグから取り出している。

野菜を刻《きざ》む音がしはじめた。

「お早うございます。遅くなりました」

サヨコがぺこりと頭を下げた。きょうの彼女は、ラクダ色のジャケットに、グリーンのシャツ。スカートは黒。

「駅で、なにがあったの？」

ハルマキが、背中を向けたまま訊いた。

サヨコは、パソコンの前へ腰掛けると、椅子《いす》をハルマキのほうへ回転させた。

「わたしね、先頭から二両目の車両に乗って、御茶ノ水で降りたの」

御茶ノ水というのが問題なのだが、茶屋は黙ってサヨコの話を聞くことにした。

「そうしたらね、白い杖《つえ》をついた男の人が階段を下りて、電車に乗るつもりだったらしく、近づいてきたんだけど、ホームの外側に寄りすぎていたの。その人を見たとたんに、わたしは、大きい声でなにかいったんだと思う」

ハルマキは、包丁を持ったままサヨコを振り向いた。

「危ないから、はなれるようにっていったのね」

「なんていったか、覚えてない。『危ない』っていったとは思うけど」

茶屋は、線路が四本ある御茶ノ水駅のホームを思い浮かべた。サヨコは、新宿《しんじゅく》方面行きの電車を降りて御茶ノ水橋口へ向かっていたのだろう。ホームは「島駅」といって、反対側へは快速電車がやってくる。つまり人が乗り降りするホームは線路にはさまれている。白い杖をついた人は、そのホーム上へ御茶ノ水橋口の階段を下りてきて、二番線の各駅停車に乗るつもりだったのか、ホームの点字ブロックよりも線路側へ寄りすぎていた、ということらしい。白杖の人とは対面にいるサヨコは、『危ない』と叫んだだけなのか。

「右に寄るようにって、いったんじゃないの？」

ハルマキだ。

「いったかもしれない。白杖の人からしたら右へ寄るべきなんだけど、わたしのほうからしたら左側よね」

サヨコは、不動の姿勢をしていった。

「あんた、『危ない』っていったあと、『左へ寄れ』って叫んじゃったんじゃないの？」

ハルマキは、右手に持った包丁を縦に振るように動かした。

「わたし、そういってしまったかもしれない」

「で、白杖の人、どうしたの？」

「ホームから、転落したわ」

「えっ、落ちた。電車は？」

「サイレン鳴らして、停まってたけど」

「警笛《けいてき》でしょ」

ハルマキが訂正した。

白杖の男性がホームから転落したのを目撃したうちの一人の男性が、線路に飛び下りた。それを見た何人かがホーム上から手を差し伸べて、白杖の人と、飛び下りて救助にあたった人を引っ張り上げた。

「なぜ、おまえが線路に飛び下りなかったんだ？」

茶屋は、サヨコの横顔をにらんだ。

サヨコは、茶屋のほうへ椅子を回転させた。眉《まゆ》が吊り上がっている。

「わたしは、女だし、それに、スカートだったし」

「人命救助に、男も女もあるか。おまえは、白杖の人のいちばん近くにいた人間なんじゃないのか。……おまえが神田署にいるって聞いたとき、私はとっさに、駅で人命救助に協力したんで、表彰されているにちがいないと思った。……神田署へは、目撃者の一人として呼ばれたのか？」

「白杖の人の知り合いか、って訊かれました」

「どうして？」

「もしかしたら白杖の人、わたしが叫んだ声を聞いて、線路側へ寄ってしまったのかも」

「白杖の人とおまえは知り合いで、おまえはその人を転落させようとして、避難側とは逆の側へ寄るように指示した、と警察はにらんだのだな」

「意地悪そうな悪相の刑事は、そう思ったみたい」

「刑事には、おまえの顔立ちが、気に入らなかったんだ。刑事の目におまえの顔は、弱者に手を差し伸べそうもないし、敬老精神のかけらもなさそうに映ったんだろうな」

「ひどいいかた。わたしは、運が悪かっただけなのに」

線路に転落した人は怪我《けが》をしていたので、救急車で運ばれていったという。

「ところで、けさはどうして、御茶ノ水で降りたんだ？」

「駅の近くに、楽器の店がたくさんあるんで、値段を見ようと思って」

「楽器って、なんの値段を？」

「サキソフォン」

サヨコから楽器の名を聞いたのは、初めてではないか。

「おまえ、サックスを吹いたことがあるのか？」

「友だちの女の子が、ジャズやってるの。この前、その子が入っているバンドの演奏を初めて観たんだけど、そのカッコのよさったらなかった」

「その人、サックスなの？」

ハルマキが訊いた。

「クラリネット。なのでわたしは、サックスをやりたくなったの」

「そのバンドには、サックスを吹いてるメンバーがいたでしょ？」

「いたのよ。女の子があれを吹くと、カッコいい」

ハルマキは、焼きそばをつくるのを忘れてしまったように、サキソフォンの値段を訊いた。

「値段を知ろうと思って、いったのに、事故に遭っちゃったもんで」

サヨコは、パソコンのほうへ椅子をまわした。

ハルマキは、思い出したように、野菜を刻みはじめた。

三田村は、二回目の電話をよこしてから一時間後に、茶屋の事務所へあらわれた。

三田村によると、山で死亡した糸島英俊の遺体は、夕方、中野《なかの》区の自宅に帰ってくるという。糸島の妻と兄が、長野県警安曇野《あづみの》署で英俊の遺体を引き取った。車で東京へ向かっているという連絡が、妻からあったのだと、三田村は低い声でいった。

茶屋は、三田村と一緒に糸島英俊の家へいくことにした。

三田村が、糸島の妻の冬美《ふゆみ》から電話で聞いた内容はこうである。

2

——糸島は、友人Kと、五月五日、早朝、北アルプス登山に出発した。

Kは、毎年欠かさず登山をしているベテランで、糸島はたびたびKの話を聞いているうち、一度は北アルプスへ登ってみたいといったことから、二人の山行は実現した。

同日、二人は新宿から特急列車で松本《まつもと》へ。松本から電車とバスを乗り継《つ》いで上高地《かみこうち》へ着いた。糸島にとって上高地を訪《おとず》れたのも初めてだった。

上高地から横尾《よこお》まで入った。二人が横尾山荘へ到着したのは午後四時少し前。

翌六日の朝、二人は山荘を出発した。目的地は常念岳《じょうねんだけ》。

登頂して、山小屋で一泊し、七日に下山。同日の夜には帰宅、の計画だった。

しかし、Kが横尾山荘へ引き返してきて、糸島が山中で死亡したと告《つ》げたのは九日夜。その間に糸島の妻冬美は、住所の所轄警察署を通じて捜索願を出していた。

Kが、横尾山荘で、山岳救助隊に語ったことによると、六日早朝、蝶槍《ちょうやり》の稜線《りょうせん》めざして出発した。三時間半で稜線に立ち、北を向いてすすんだ。一時間ほどすすむと、予想よりはるかに積雪が深く、登山路が分からなくなった。常念岳へ向かって歩いているつもりだったが、雪の斜面から抜け出ることができなかった。膝、あるいは腰のあたりまでもぐる積雪を漕《こ》いでいるうち、糸島が動けなくなった。

Kは、雪洞《せつどう》を掘り、糸島を寝袋に入れて寝かせた。二、三時間眠ると糸島の体力は回復したらしく、用意していた食べ物を食べた。六日は、森林帯の太い木の根元で夜を明かした。七日は、二時間ばかり雪のなかを歩いただけで、糸島はまた動けなくなった。しかたなく寝袋に入れて寝かせたが、日付が八日に変わって間もなく、糸島は目を開けなくなった。

Kは、冷たくなった糸島を森林帯に残して斜面を下り、八日は太い木の根元で夜明けを待った。

九日は朝から雨になった。雨のなかを下り、沢音を聴き、その音に沿って下り、日没をすぎてから遠くに山小屋の灯《あか》りを見つけた。そこへ着いてみるまで、横尾山荘だとは分からなかった――

救助隊はKの話を聞き、地図を見せて糸島が眠っている地点の見当をつけた。

森林帯のため、ヘリコプターでの捜索は不可能なので、常念岳にいたる西斜面を蛇行《だこう》して、赤い寝袋を発見した。

糸島の遺体が上高地に着いたのは、五月十日の夜。そこから安曇野署へ搬送され、冬美と兄は、十一日に遺体と対面したのだった。

検視では、登山者にありがちな疲労凍死だといわれたが、冬美と兄は納得できなかった。安曇野署の幹部は、二人の表情を読んだからか、遺体解剖を要請した。死因を精《くわ》しく検《しら》べることにした。

その結果、死因は疲労凍死にちがいなかったが、食べ物を摂取《せっしゅ》しているわりには、衰《すい》弱《じゃく》が激しいことが分かった。日ごろ歩くことが少なく、運動不足だったのではないか、と係官が冬美に訊いたところ、勤務先ではからだを動かす仕事でないからといって、通勤には最寄駅の一つ先の駅を往復とも利用していたし、休日には一人息子と自転車で往復一〇キロを走ることを心がけていたという。

茶屋と三田村は、中野駅から徒歩約十分の糸島家で、棺《ひつぎ》に納められている英俊と対面した。口の周りに薄く不精髭《ぶしょうひげ》が伸びているだけで、彼は安らかに眠っていた。雪の山中を迷って歩いたからか、いくぶん頬はこけているようだったが、顔面に怪我の痕《あと》はなかった。

茶屋は、冬美に初めて会った。目鼻立ちのととのった人だが、憔悴《しょうすい》は隠しきれていなかった。

「茶屋さんのことは、主人から何度も聞いていましたし、ご本は何冊も拝読いたしました」

と、床に手をついていった。

糸島英俊は四十一歳。冬美は三十八歳だと知った。子どもは男の子一人で十歳。

糸島は東京出身。国立工業大学卒業と同時に東明舎に就職した。東明舎の今市《いまいち》（栃木県）工場に勤務しているあいだに日光《にっこう》市出身の冬美と知り合った。

結婚後、日光市内に住んでいたが、糸島が東京の本社工場転勤となったことから、現住所へ転居して、約二年が経ったところだという。

東明舎の関係会社社員の三田村は、十年ほど前から仕事を通じて糸島と知り合い、以降親交がつづいていた。茶屋は三年ばかり前に三田村の紹介で糸島を知り、三人で何度か飲食をともにしていた。

茶屋は三田村と、山小屋で知り合った仲であり、たがいに誘い合って、北アルプスにも南アルプスへも登っていた。だから会えば、山での思い出が話題になることがしばしばだった。糸島は、登山経験がないといって、茶屋たちの話を黙って聞いていた。登山に興味がないようだったので、三田村も、糸島を山行に誘ったことはなかったようだ。

三田村と糸島は、カメラや、携帯電話機や、通信機の材料に関する話をよくしていた。何百万回の操作にも耐えられるメモリーとか、一億度の高温に耐えられる物質を、地球上からさがす方法に熱中している技術者のことなどを、茶屋は二人のかたわらで聞いていたものである。

茶屋は糸島に、「最大の関心事は」と訊かれたことがある。

茶屋は、何人もに話したことであるが、「血液型と、その人の性格だ」と答えた。血液型と性格は、多くの人の研究対象になったし、語り尽くされていることのようなので、糸島は茶屋の説に熱心に耳をかたむけようとはしなかった。人の性格と行動の観察には、私感と曖昧《あいまい》な判断がふくまれているからか、糸島にとってはどちらでもよいことなのかもしれなかった。

三田村が冬美に、糸島を山へ案内した金堀文貴《かなほりふみたか》とはどういう人かを訊いた。

「毎年、何回も登山をしていて、今度、糸島と登るつもりだった山も、経験ずみということでした」

　ハンカチをにぎった冬美は、俯《うつむ》きかげんに小さな声で答えた。

　常念岳は、初心者には負担が重すぎるという山ではない。初登山が常念だったという女性を、茶屋は知っている。

「問題は、この時季だね。今年は雪の降る日が例年より多かったから、北アルプスの森林帯にはかなり深い残雪があるだろう。そういうことを、金堀という人は、糸島君に説明していただろうか？」

「雪のことは分かりませんけど、着る物と履《は》く物、それから用具についてのアドバイスは受けたようです」

「奥さんには、登山経験がありますか？」

「ありません。高校と短大のとき、高原へハイキングにいったぐらいで、日光や那須《なす》の山もよく知らないんです」

　冬美は、栃木県日光市の出身だ。栃木県には人気のある高原や山がある。霧降《きりふり》高原、戦《せん》場《じょう》ヶ原《はら》、男体山《なんたいさん》、日光白根山《しらねさん》、那須高原や那須岳だ。

「ピッケルを持っていきましたか？」

「出発の一週間ぐらい前に、登山靴と一緒に買ってきました。ピッケルは初めて手にした物だったので、うれしそうに撫でたり、公園へいって突いてみたりしていました」

「寝袋も、買ったんですね？」

「寝袋は買いませんでした。金堀さんから寝袋のことはいわれなかったのだと思います」

山小屋利用の登山計画だから、金堀は必携品に加えなかったのかもしれない。

三田村は、登山靴とピッケルのほかになにを用意したかを冬美に訊いた。

冬美は、顔を天井に向けて考える表情をしてから、

「温かい下着、ダウンジャケット、毛糸の靴下三足、それからニットの帽子と手袋でした」

と、指を折るようにして答えた。

「主食は、山小屋で摂《と》るとしても、副食品と非常の場合の食料が必要ですが、どんな物を用意していきましたか？」

三田村は、蒼《あお》ざめた冬美の顔をじっと見て訊いた。

茶屋も、さっきから冬美の横顔を観察している。

「登山中の食料は、金堀さんが用意してくださるのでといって、アメ玉を五、六個、ポケットに入れていっただけでした」

金堀は登山経験が豊富だというから、この時季に適した二人分の副食品を準備していったにちがいない。

冬美の話を聞いていて茶屋が気になったのは、糸島の遺体の解剖結果だった。死因は疲労凍死だが、食べ物を摂取しているわりには、衰弱が激しいという点である。深い雪の山

中を、何時間も迷い歩いたのだから、そういう結果になったのだろうか。

茶屋は、ひとつ気付いたことがあった。

「糸島さんは、アイゼンを持っていきましたか？」

「アイゼン……」

冬美はつぶやいた。

「積もっている雪の表面は固くなっていて、滑ります」

積雪期の山にアイゼンは必携用具だといった。

冬美は、首をかしげたが、糸島が身に着けていた物は一切、救助隊から渡されたのでといって、隣室から布袋を二つ持ってきた。

三田村が、布袋から装備品を一点ずつ取り出した。

最初に取り出したのが黄色のダウンジャケットだった。新品だが肘《ひじ》のあたりが鉤裂《かぎざ》きになっていた。赤いザックも、山靴も真新しかった。黒いシャフトのピッケルには小さな傷が五つ六つついていた。

アイゼンは入っていなかった。

表面が固くなった雪面の登りでは、足が滑って苦労したことだろう。ベテランの金堀がアイゼンを装着していなかったはずはない。残雪帯で、足を滑らせて手をついたり、転倒する初心者の糸島を、金堀は近くで笑って見ていたのだろうか。

3

茶屋と三田村は、糸島の母親と兄に会った。

兄の糸島悦朗《えつろう》は、都立高校の教諭だった。糸島兄弟の父親も高校教師だったが、二年前に七十歳で病死したのだという。

「これまでに英俊さんは、山登りをしたことがあったでしょうか?」

三田村が悦朗に訊いた。

「いいえ。山には縁がなかったはずです」

悦朗は、母親の顔を見てからつづけた。

「金堀さんが冬美さんに話したことによると、英俊が山に登りたいので、連れていってくれって頼んだそうです。私は英俊から、山に登ってみたいなんていう言葉を聞いたことはありません」

「お兄さんは、山登りをなさったことは?」

「ロープウェイ利用でハイキングにいったことはありますが、山らしい山に登ったことはありません」

「ロープウェイでは、どこへ登りましたか?」

「新穂高《しんほたか》温泉から千石平《せんごくだいら》園地というところと、北八《やつ》ヶ岳《たけ》の北八ヶ岳ロープウェイで坪庭《つぼにわ》へ登っただけです。ゴツゴツした熔岩《ようがん》の坪庭を歩きましたけど、登山というほどではありませんでした」

千石平園地に立って、穂高や槍《やり》ヶ岳《たけ》の北アルプス連峰を眺めたときは、岩峰の威容に息を呑《の》んだのではないか。

「お兄さんは、金堀さんをご存じでしたか?」

「今回のことで、初めてお会いした方です。英俊から金堀さんのことを聞いた覚えもありません。金堀さんの話ですと、英俊とは何年も前から親しくしていたということです。

英俊さんは、たとえばテレビで、高い山へ登る人の話や、風景を観て、急に山へ登ってみたくなった。それで知り合いの金堀さんを思いついたということでしょうか」

「さあ、どうでしょうか。英俊は、発作《ほっさ》的に行動するタイプではないと思っていましたが……」

悦朗は、ときどき母親のほうへ顔を向けては慎重な口調で答えた。

「今回の災難や、弟さんのご遺体をご覧になって、疑問をお持ちになったことはありませんか?」

茶屋が訊いた。

「疑問は、いままで縁のなかった山へ、しかも残雪のあるこの季節にどうして登ったかということです。雪のない季節なら、こんなことにはならなかったんじゃないでしょうか」

悦朗の横で、母親が小さくうなずいた。

三田村が冬美に、きょうは金堀とは別行動だったのか、と訊いた。

「金堀さんは、列車で帰りました。とてもお疲れのようでしたので、今夜はご自宅でゆっくり休んでくださいと、わたしがいいました。あしたの通夜には、おいでになると思います」

東明舎の社員が五人訪れた。男の社員が糸島の名を呼んだ。二人の女性社員のうち一人は、棺に手を掛けて悲鳴に似た声をあげた。

五人の社員が落着きを取りもどしたところへ「遅くなりました」といって、灰色のセーターを着た女性が部屋へ入ってきた。悦朗がその人を紹介した。妹の未砂《みさ》だった。英俊とは十歳ちがいだというから三十一歳だ。未砂は、テレビ番組制作会社勤務だという。

彼女は、母と兄に促《うなが》されて、茶屋と三田村、そして東明舎社員に頭をさげた。悦朗が、英俊と未砂のあいだに女の子がいたが、生後二か月で亡くなったのだといった。未砂はハンカチを鼻にあてて、母と兄の後ろに隠れるようにすわった。

翌日、茶屋と三田村は通夜の席で金堀文貴に会った。

金堀はわりに長身だった。四角ばった顔は陽に焼けている。わずかに目が落ちくぼんでいるのは、山中での苦闘の名残りなのか。

僧侶の読経がすんだところで、茶屋と三田村は、金堀を外へ呼び出した。三田村が知っている店へ案内した。アーケード街近くの小さなスナックである。そこには五十歳ぐらいのママと、三十代に見える痩《や》せた女性が一人いた。客はいなかった。

「ちょっと込み入った話をしたいんだけど、うたうお客がくるだろうか？」

三田村がママに訊いた。

「きょうはこないと思う。きても、うたわせないから」

ママは笑って、三田村のタグがぶら下がったウイスキーのボトルを、棚から下ろした。

三人は、二つしかないボックス席の一つにすわった。痩せた女性が水割りをつくると、カウンターへもどった。

すぐに三田村が、糸島英俊の遭難の疑問を口にした。糸島は、いつから山に登りたいといい出したのかを訊いた。

「ずっと前から、会うたびに、山へ登りたいといっていました」

金堀は地声なのか、高齢者のようなかすれ声だ。

「奥さんは、糸島君が山へ登りたいなんていう話は、聞いたことがないといっています。お母さんも、お兄さんも同じで、登山とは無縁だったといっています」

「山に登ったことのない人に話すと、危険だとか、楽しいことじゃないといわれそうなので、糸島さんは、話さなかったんじゃないでしょうか。私も最初は、親に反対されました」

「糸島君にとっては処女山行ですが、その目的地を常念にしたのは、彼の希望だったんですか?」

三田村は、グラスの氷を揺らしながら水割りを飲んだ。

「常念を写真で見たことがあったし、安曇野から眺《なが》めて、一度は登ってみたいと思っていた山だといっていました」

「登山経験がないのに、常念へ登りたいといったんですか?」

「松本から眺めるとピラミッド、安曇野からは、巨大なテントのような山容。それに憧《あこが》れたんでしょうね」

「糸島君は、上高地へいったこともないんです。ですから穂高を眺めた経験すらない。そういう人が山容に憧れるだけでなくて、登る気になったなんて、私には信じられない」

三田村の言葉に、茶屋は相槌《あいづち》を打つように首を動かした。

「常念へは、安曇野の一ノ沢《いちのさわ》や本沢《ほんざわ》から入るルートがありますが、上高地経由で横尾から入る計画は、金堀さんが立てたんですか?」

「糸島さんは、上高地で梓《あずさ》川を見たいし、山小屋に泊まりたいといいました」

それで二日を要する上高地経由にしたのだ、と金堀はいった。彼は、途中のコース状況を詳しく説明したと答えた。

「糸島君は、登山装備も用具も持っていなかった。初登山のためにそれを買いそろえたんですが、用品店へは金堀さんが一緒にいって、アドバイスをしたんでしょうね？」

三田村は、またグラスを揺らした。

「いいえ。彼が装備を買いにいく日、私は都合がつかなかったものですから、そろえる物のリストを渡しました」

「森林帯には深い残雪があることを、教えましたか？」

「あんなに深いとは思いませんでしたが、ところどころに雪があることは話しました」

「残雪帯を登ることもですか？」

「なんだか、私は、三田村さんと茶屋さんに、責められているようですね」

金堀は、口元をゆがめた。

「雪崩《なだれ》や落石に遭ったわけでもないのに、糸島君は死んだんです。友人として、その原因を詳しく知りたいんです。金堀さんにとっても、大事な友だちだったんでしょ？」

「ええ。尊敬できる人でした」

金堀は、舐《な》めるように水割りを飲んだ。茶屋が観察しているかぎり、酒は飲めるほうらしい。

痩せた女性が、ピーナッツと、チーズと、キスチョコを持ってきた。

「糸島君の装備には、アイゼンがなかった。金堀さんは、アイゼンを買うようにと指示しなかったんですか？」

三田村は、ピーナッツをいくつか口に放り込んでいった。

「私は、小さいのでいいからと、それもリストに加えておいたんですが、糸島さんは、氷壁をよじ登るわけではないと判断したらしくて、買わなかったんです。私は、用意してきたとばかり思っていましたが、残雪帯に着いたら、彼がアイゼンを買っていなかったのを知りました」

「滑って、歩きづらかったでしょうね」

「ピッケルがありましたから、なんとか……」

金堀は語尾を消した。

茶屋は、アイゼンなしで雪の斜面を登る糸島の姿を想像した。滑らないために、爪先《つまさき》を強く雪面に打ち込んで歩くことを、金堀は現場で教えただろうか。

「副食品は、金堀さんが用意したそうですが、どんな物を？」

三田村は、金堀の俯きかげんの顔をにらんだ。

「クッキーです。軽いし、変質しにくいし、カロリーの高い物です」

「スーパーなんかで売っている物ですか？」

「私が焼いたんです。私はいつも、自分で焼いたクッキーを山へ持っていきます」

食事を摂っているわりには衰弱が激しい、という遺体解剖所見を茶屋は思い出した。金堀手づくりのクッキーは、はたして何時間も歩きつづける山行に耐えられるだけのカロリーの高いものだったのだろうか。

三田村はバッグから地図を取り出した。常念岳付近の拡大図である。

グラスとつまみの皿を、茶屋が隅《すみ》へ寄せた。

三田村が広げた地図に落とした金堀の目は、「嫌なやつらだ」といっていた。

地図にはおよその所要時間が書かれている。

「横尾山荘↓蝶の稜線への登り3：30　稜線↓2592メートルのピーク1：30
　ピーク↓常念山頂2：20　山頂↓常念小屋45」

八時間あまりであるが、所要時間は無雪期の標準だ。

茶屋は三十代のとき、このコースをたどっている。

横尾からの登りはかなり急傾斜で、行程の三分の二以上が森林帯のため、眺望《ちょうぼう》がなくて退屈《たいくつ》だったのを覚えている。たしか七月だったが、窪地《くぼち》には雪のかたまりが随所《ずいしょ》にあった。

「残雪のある季節に、初心者を横尾から常念小屋へ歩かせる行程は、キツすぎたんじゃないでしょうか」

三田村がいうと金堀は、残雪の深さが予想を超えていたといった。

「金堀さんは、これまでに、残雪期に登ったことがなかったんですね？」

「いいえ。何回も登っていました」

金堀は、経験不足を衝《つ》かれたと思ってか、首を強く振った。

「登山経験のない糸島君を案内するのですから、夏か秋にすればよかったのに」

「私は、九月が最適だといいましたが、糸島さんは、なかなか休みが取れないのでといって、五月になったんです」

三田村は、どの辺から径《みち》に迷ったのかを金堀に訊いた。金堀は、蝶槍から一時間ほど北へすすんだところで、西斜面を歩くようになったと、力のない声で答えた。陽の差さない森林帯だ。糸島が息を引き取った地点を訊くと、稜線と梓川上流の中間地点を指差した。そこには細い線が這《は》っている。残雪を吸い取って流れる沢である。

4

茶屋と三田村は、金堀と別れた。

三田村が、糸島英俊が死亡した地点へ、花を手向《たむ》けたいといった。茶屋は賛成した。二人で、なるべく早く登ろう、と話し合った。

歌舞伎《かぶき》町で飲み直そうといって、歩き出したところへ、「女性サンデー」編集長の牧村《まきむら》が電話をよこした。

「夕方、事務所へ電話したら、茶屋先生はきょうは、お友だちのお通夜だといわれました。先生のお友だちならば、その方は老衰《ろうすい》じゃなさそうですね」

牧村には少しばかり酒が入っているようだ。彼には、銀座《ぎんざ》にも、六本木《ろっぽんぎ》にも、新宿にもいきつけの店がある。そのなかで繁《しげ》く通っているのは、歌舞伎町のどちらかというと小さいほうのクラブである。特定の一軒へ繁く通うということは、その店に気に入ったホステスがいるからだ。

牧村が、週に一度はいく店は「チャーチル」といって、六十歳ぐらいのママのほかにホステスが七、八人いる。

「あんたと同い歳の四十一歳だ」

「えっ、そりゃ、亡くなるには早すぎる。どこを病んでいたんです、その人は？」

牧村は、人間は病気以外の原因では死なないとでも思っているのか。

「山で、遭難したんだ」

「ああ、山ですか。先生も若いころは、山へ登っていたんでしたね」

「若いころって、私はいまでも若いって思っている」

「そうでしたね。平均寿命には、まだ間がありますよね」

「用事は？」

「もしお忘れでなかったら、次の名川シリーズをどこにするかを、一杯飲《や》りながら話し合おうと思ったんです」

「私は、二、三日中に山へ登る。あんたとの打ち合わせは、そのあとにしてもらいたい」

「急に山へ。どこへ登るんですか？」

「上高地の岸を洗って、さらさらと下る梓川の上流」

「梓川。……次の名川は、梓川にしませんか？」

「梓川は、名川シリーズのトップにやったじゃないか」

「そ、そうでしたか」

茶屋が梓川を書いた当時の編集担当は牧村ではなかった。だから牧村は、茶屋が訪ね歩いて書いた川をいちいち覚えていないのだろう。

「二、三日中に、先生が登ろうとしている山は、遭難の危険なんか、毛の先ほどもないところなんでしょうね」

まるで遊園地へいくようなことを牧村はいう。茶屋は、遭難した友人の追悼《ついとう》登山だといおうとしたのだが、電話は切れてしまった。

五月十五日、茶屋と三田村は新宿で一番の松本行特急列車に乗った。いくつかあった空席は八王子《はちおうじ》で埋《う》まった。

二人は、新宿駅のホームで買った弁当を膝《ひざ》に開いた。二人で列車に乗るのも、山行も七、八年ぶりである。旅行作家の茶屋は、しょっちゅう東へも西へも飛んでいるが、電子機械メーカー社員の三田村は、特急列車に乗ったのは二年ぶりだといった。彼は毎年二回は山登りに出掛けているが、登山基地まで自分の車でいくようになったという。

「車は便利だが、帰りが危ない」

疲れているから、つい眠くなるだろうと茶屋はいった。

「そうなんだ。ちょっとでも眠くなったときは、安全な場所で眠ることにしている」

「これからは、列車にしたほうがいいよ。列車に乗ったら、ビールを一本飲んで、目を瞑《つむ》ること」

「ああ」

三田村は、口を動かしながらうなずいた。

松本へは約三時間だが、二人は二時間ばかり眠った。途中の甲府《こうふ》や上諏訪《かみすわ》は、夢のなかだった。

松本電鉄で新島々《しんしましま》へ。そこからバスで上高地へ約一時間十分。バスの乗客の半数ぐらいが、大型ザックを背負《せお》っていた。あとの人たちは、雪を解かして流れる梓川の岸辺から、真っ白い穂高を仰《あお》ぐのだろう。

糸島悦朗は、弟の遺体収容にあたった伏見《ふしみ》という山岳救助隊員から、英俊が倒れていた地点の説明を聞いたし、地図のコピーももらったのだといった。伏見は、上高地の詰め所に常駐《じょうちゅう》しているということだった。

詰め所は、松本署の上高地交番の隣だった。厚いスギの板に「北アルプス南部山岳救助隊」と黒ぐろと書かれていた。ガラス越しにストーブの赤い火が見えた。

伏見がいた。彼は長野県警の警察官だった。

茶屋と三田村は、名刺を出した。

「茶屋次郎さん……」

陽焼け顔の伏見は、茶屋の名刺をじっと見てつぶやいた。

「新聞や週刊誌で、ときどきお名前を目にする方では？」

「ええ、まあ、山や川の紀行文を、ちょくちょく」

伏見は、茶屋が糸島英俊と親交があったのかといって、ストーブの前へパイプ椅子を開いた。

茶屋と三田村は、金堀から聞いた糸島が倒れるまでの行程を話した。

伏見も、金堀から同じことを聞いているといった。

「初めて登山をする者に、この時季の常念はキツすぎたとは思いませんか？」

茶屋がいった。

「今年は雪が深いので、金堀さんは、その判断を過《あやま》ったんでしょうね。彼は、常念小屋へ八時間ほどで着けるので、それを糸島さんに説明して、承知させたといいました。ですが、八時間というのは、雪のない時季の行程です。山にからだを慣らすために、蝶ヶ岳で一泊してから常念へ向かえばよかったと思います。……金堀さんが立てた計画は、五日に出発し、その日は横尾泊。これはまあ初心者にも無理はなかったでしょう。問題は六日の登りです。なにごともなく登れたとしても、稜線へは六時間ぐらいかかったはずです。ですから、その日は蝶の小屋泊まりが妥当《だとう》、というよりも、明るいうちに常念小屋へは着くことはできなかったでしょう。そういう無理な行程を経て、六日に常念小屋へ泊まることができたとしても、七日の夕方までに、横尾と上高地経由で松本へ着くのも不可能に近い計画です。金堀さんは、常念小屋から一ノ沢へ下ることは、まったく考えていなかったようです」

常念小屋から一ノ沢登山口まで、タクシーを呼んでおいて下るという手がある。

「一ノ沢登山口までは、どのぐらいで下り着くことができますか？」

「四時間ほどです。途中の林道が荒れていますから、タクシーがまちがいなくくるとはかぎりません。そういうことは、事前に調べておくのが常識ですが」

伏見からあらためて、糸島の遺体を収容した地点を聞いた。

地図の一点に赤の印がついていた。常念岳の南西にあたる森林帯だ。当然だが、金堀が語った地点と合っていた。

「私が同行したいのですが、いつなにが起きるか分かりませんので」

伏見は、詰め所を空けられないといった。彼は茶屋たちに、上高地経由で帰る場合は、ここへ立ち寄ってもらいたいといった。

茶屋と三田村は、真っ白い穂高の見えるレストランで昼食をした。きょうは横尾山荘に泊まる計画である。

昼どきだから、レストランはハイカーで満員だった。上高地に何日間も滞在しているらしい白髪のカップルもいた。

みやげ店にも観光客がぎっしり入っていた。河童橋《かっぱ》のたもとには、穂高を背景に記念写真に収まろうとする人たちが、順番待ちをしている。

「早くここを抜けよう」

三田村は、山にきてまで人混みを見ていたくないといった。

明神《みょうじん》までは何組ものハイカーとすれちがったが、徳沢《とくさわ》が近くなると、すれちがうのは穂高や槍ヶ岳から下ってきた登山者ばかりになった。二人は梓川の左岸を歩いたが、日陰には雪の厚いかたまりがあった。横尾に近づいたところで、川の中州にいる鹿の姿が目に入った。鹿は水を飲むと、浅い流れをゆっくり渡っていった。

横尾山荘へは、三時間で到着した。

山荘の近くには赤と黄色のテントがあった。本流へは雪解けの濁《にご》った水が流れ込んでいた。

茶屋と三田村は山荘にあがって、ビールを飲みながら地図を広げた。救助隊の伏見が×印をつけてくれた常念岳西斜面の拡大図である。

「金堀は、はたしてここから、蝶槍の稜線へ登ったのだろうか？」

三田村は、音をさせて缶ビールをテーブルへ置いた。

茶屋も、金堀が語った内容に疑問を抱いていたが、

「なぜだ？」

と、三田村の表情をさぐった。

「糸島が息を引き取った地点が、稜線からはなれすぎているじゃないか」

蝶と常念を結ぶコースから一キロ以上はなれている。残雪が深かったので、はたして稜線上を歩いているのかどうかが怪しくなったようなことを金堀はいっていたが、ほぼ一直線に北へ向かっているコースを、一キロ以上も逸脱《いつだつ》するのは考えられない。

「金堀がいうとおり、稜線を歩いていたのだとしたら、彼は意識的に西斜面を下ったんじゃないだろうか」

「意識的に。……なぜそんなことをしたんだと思う？」

「それが分からない」

三田村は首をひねった。

「もしかしたら、金堀と糸島は、稜線へは登らなかったんじゃないか?」

茶屋がいった。

「えっ、稜線へは登らなかった。……じゃ、どこをどう歩いたと思うんだ?」

「初登山にそなえ、糸島が山岳ガイドブックを読んだり、地図を見たりしていたとしても、登山経験のある者に、このコースだといわれれば、それにしたがったと思う。私は糸島の死亡した地点を見た瞬間、槍沢《やりさわ》をさかのぼって、一《いち》ノ俣《また》へ入ったんじゃないかって感じたんだ」

「一ノ俣。……あそこは普通の登山者が登降するコースじゃない」

「そうなんだ。ことに雪解け時季は沢が増水しているから、左右の岩壁を這っていくしかない」

ロッククライミングの経験者でないと、登攀《とうはん》用具をあやつっての蟹《かに》の横這いはできないだろう。

茶屋の推測に首をかしげた三田村は、地図に注目した。

横尾山荘から槍沢をのぼる。約一時間で標高一七〇五メートルの一ノ俣出合いに着く。そこは石河原だが、一ノ俣谷を三十分も入ると様相は一変する。V字渓谷《けいこく》があらわれるのだ。
四、五年前のことだが茶屋は、友人と槍ヶ岳へ登る途中、常念往還の最難所だと教えられたので、三、四十分のあいだ一ノ俣谷へ寄り道したのだった。それは真夏のことで、沢の水量は少なくて、岩がゴロゴロとむき出しになっていた。楔《くさび》を打ち込んだような渓谷の宙に吊り橋が渡っていたが、それが流れの起こす風に揺れていて頼りなげに見えたのを覚えている。友人の話では、一ノ俣谷がなぜ難所なのかというと、沢がただ急だからではなく、いくつもの滝によって成り立っているからだといわれた。

三田村も、一ノ俣谷を登り下りしたことはないが、常念からの復路に下った人の話を聞いたことがあるという。

「その男は、山仲間から『カモシカ』と呼ばれているほどの健脚だが、一ノ俣谷でにわか雨に遭ったときは、『ここでおれの人生は終わりか』と思ったそうだよ」

「沢が一挙に増水したんだろうな」

「あの谷には、そういうときの逃げ場がないっていっていた」

茶屋と三田村はあす、一ノ俣谷を途中まで入り、糸島が死亡した常念岳西面へ登ってみることにした。

それを、山荘の主人に話した。

「おすすめはできませんが」

主人はそういうと、ロープを貸与するので携行するようにと注意した。それから地図を見て、この時季に一ノ俣谷を遡行《そこう》するのは危険だからといって、糸島の死亡地点へ向かう方法を教えられた。

それは一ノ俣出合いの手前で、ササ藪《やぶ》と森林帯を北東の常念岳方向をめざして登る。いくつかの山襞《やまひだ》を越えると、一ノ俣谷・山田《やまだ》ノ滝の上部へ着く。

「それが最も安全なコースで、救助隊も往復したのですから、雪面には足跡が残っています」

主人に、足跡をたどるようにといわれ、一ノ俣谷へは絶対に下りないようにと念を押された。

夕食に食堂に集まったのは四十人ぐらいだった。そのなかには、上高地から梓川を見ながら往復するだけという女性グループもいた。

食事のあと、外へ出て、川音を聴きながら星空を仰いだ。東京にいても夜空を仰ぐことがあるが、数えられるくらいしか星は見えないのに、今夜は、星が降ってくるように満天だ。風も穏やかである。暗さに目が慣れてくると、一段ずつ頭を下げて横尾谷へ落ち込んでいる前穂高岳の黒い稜線が見えるようになった。

だれかが誘ったのか、一人二人と山荘から泊まり客が出てきた。寒さに肩をちぢめて襟《えり》元《もと》をつかみながら、星の大きさに声をあげた。

5

ゆうべ星を輝かせていた空は嘘だったというように、けさはぐずつきそうな色をしていた。茶屋と三田村は、二食分のにぎり飯をザックに収めて、槍沢をさかのぼった。丸太の橋を渡って石河原を約四十分すすんだところで、山荘の主人に教えられたダケカンバを見つけた。ダケカンバが五、六本、束《たば》ねられたように倒れていた。そこを直角に右手へ入った。これも山荘の主人の指示だった。ササ藪の急坂である。ササの葉で足が滑った。それを三十分ほど漕いで、抜け出ると、残雪帯だった。

雪面に足跡を見つけた。伏見たちの救助隊が往復した跡だが、彼らが入る前に、そこには一人の足跡がついていたのではなかろうか。金堀文貴のものである。

彼は、真夜中に息を引き取った糸島英俊を雪の上に残して、活路をさがした。独《ひと》りで一夜をすごし、雪を嚙んでは下って、山小屋の灯りを見つけて、たどり着いたということだった。

薄暗い森林帯の雪の上には、野生動物が歩いた足跡が蛇行《だこう》していた。

茶屋と三田村は、山襞の盛りあがりの落葉の上で、朝食のにぎり飯を食べ、冷たいお茶を飲んだ。

複数の人の歩いた跡をたどって約四時間。雪の上の足跡は、古木の根元で跡切《とぎ》れていた。救助隊が遺《のこ》したものと思われる赤い布が、枝に結ばれていた。そこが糸島が永い眠りについた現場だった。

茶屋と三田村は、包んできた花を雪の上に置き、線香を立てた。カップにウイスキーを注いだ。「糸島」と呼び掛けて献杯した。糸島の親族に見せるために、現場をカメラに収めた。

耳を澄《す》ますと、微風がかすかに流れの音を運んでいた。二人で地図を検討した。北側に沢があるようだ。地図上の細い沢は一ノ俣谷に落ち込んでいるにちがいなかった。

二人は沢音に近づいた。と、そこに雪面の荒れを見つけた。だれかが付近を歩きまわるか、一時そこにとどまった跡だろうと思われた。

茶屋たちは、その足跡をたどってみた。一人の足跡は沢の手前を往復していた。一〇メートルばかりはなれた残雪の上にも足跡が認められた。靴底の跡がくっきりと残っている足跡もあった。糸島の最後の痕跡とも思われたので、それも撮影した。

深い沢からは岩壁伝いに風が吹きあがっていた。

糸島は、岩壁上から沢をのぞいたのではなかったか。地面が削《そ》げ落ちたような陥没《かんぼつ》に出合い、進路を断たれた絶望感に襲われて、動けなくなったような気もする。固くなった雪の上にしゃがみ込んだとき、彼の目には、妻と子どもの顔が浮かんだだろうか。

茶屋と三田村は、右の耳に一ノ俣谷の沢音を入れながら下り、激しい水音を聴いたところで、木の幹に結んだロープをつかんで谷をのぞいた。

真下が滝だった。上流にも滝が見えた。一ノ俣谷はツルツルに光った岩壁のあいだを流れていた。雪解けの細い沢や岩溝の水をあつめ、岸辺を削《けず》って濁っていた。

さらに驚いたことは、茶屋がかつて見あげたことのある吊り橋が、雪の重さか、強風になぶられてか、真っ二つに割れて宙で揺れていた。

ロープをつかんで引き返そうとしたとき、三田村が足跡の連なりを見つけて声をあげた。

「糸島と金堀の足跡だろう」

「そうだろうな。ほかにこんなところを歩いた登山者はいなかったはずだ」

「もしかしたら、糸島は、あの壊れた吊り橋を見たのかもしれない。あれを見たら、たいていの人はショックを受ける」

初登山の糸島は、地獄をのぞいたような気になったのではないか。

頭上の雲が音をたてたように割れ、陽が差した。谷をVの字に削っている岩が、鏡のように輝いた。

茶屋たちはササ藪を漕いで下った。横尾谷にさしかかったとき、前穂の北尾根がシルエットになっていた。

雨は深夜に降りはじめたようだ。山の雨は足が長い。降ったりやんだりのなかを、二人は黙々と上高地へ下った。冷たい雨と霧のせいか、河童橋の上には観光客が数人しかいなかった。穂高も、反対側の焼《やけ》岳も、白いとばりに隠されていた。

山岳救助隊の伏見に会った。カメラのモニターを見せ、糸島の最期の地点とその付近を歩いた感想を話した。

茶屋と三田村の話を、伏見はメモしていた。帰りがけに知ったことだが、伏見は元安曇野署の刑事だった。

茶屋は、松本駅で靴だけスニーカーに履き替え、ザックを背負ったまま事務所へもどった。

「あらっ」

サヨコだ。

「ひゃっ」

ハルマキは椅子から立ちあがった。

たいていの人は、「お帰りなさい」か、「ご苦労さまでした」ぐらいはいうものだが、サヨコとハルマキは、呆気《あっけ》にとられたように口を開けた。

事務所も茶屋のデスクの上も、いやにきれいに片づけられている。新聞や週刊誌が束ねられてドア近くに置かれている。サヨコの視線が茶屋の足元に注がれた。ハルマキの頬が引きつったような動きかたをした。

「二人とも、具合でも悪いのか？」

茶屋は、ザックを置くと額ににじんだ汗を拭《ぬぐ》った。

「どうやって帰ってきたんですか？」

パソコンの前からサヨコがいった。

「どうやってとは、どういう意味なんだ？」

「牧村さんは、今度こそ先生は、万にひとつも、もどってはこないっていったもんで……」

「あいつめ。……それで？」

「きょうは朝から、事務所の整理をはじめたの」

「事務所の整理とは？」

「分かるでしょ。主《あるじ》がいなくなるんだから」

「女性サンデー」編集部はいまごろ、「茶屋次郎の名川探訪」が消えたあとを埋める企画を練っているはずだ、とサヨコは真顔でいうと、電話を掛けた。牧村編集長を呼んだのである。

「こんにちは。茶屋事務所の江原でございます。いつもお世話になっております。はい、はい、それがですね、先ほど、どうしたわけか、はい、あの、ひょっこりと……」

彼女は声をひそめた。背中を丸くした。謝っているように、何度も頭を下げた。

彼女は、送話口を右手で囲んで話してから切った。

と、一呼吸もしないうちに、茶屋のケータイが鳴った。相手は牧村。

「このぶんだと、先生は長生きしますね」

「なんだか、皮肉をいわれているようだが」

「よくご無事で」

「あんたは、うちの者たちに、ひどいことをいったらしいが」

「ひどいことなんか。……私は、先生が山から早くお帰りになるといいが、といっただけです。で、なにか成果はありましたか？」

「ああ、謎が残った」

「謎といいますと？」

「ベテラン登山者が、どうしてあんなところへ入ったのか。初心者はなぜ死んだのか」

「つまり、高いところから転落したり、高いところから落ちてきた石にあたって亡くなったわけではない、ということですね」

「そのとおり。死んだのは糸島といって、四十一歳の男だが、なぜ死んだのかを、これからじっくりと考えるつもりだ。……そのことに関してだが、ある男の公簿を取り寄せてくれないか」

「おやすいご用です」

茶屋は、金堀文貴の氏名と住所を告《っ》げた。

金堀の住所は、新宿の繁華街に近いマンションらしい。町名、地番で茶屋はそう思ったのだ。

この前、三田村と一緒に会ったとき金堀は、住所と同じ新宿区内で、輸入食品販売会社を経営しているといっていた。会社経営者でありながら、そのときは名刺を切らしているといった。

次の日に茶屋は、冬美から金堀の会社の所在地を聞いた。「金堀商事」といって、新宿区四谷《よつや》だということだった。

茶屋は、糸島の通夜の席に出たあと、中野の小さなスナックで話したときの、金堀を思い浮かべた。わりに長身の金堀は、山で糸島を死なせてしまった悔恨《かいこん》を背負っていたからか、やつれた表情をしていたし、話す声にも力がなかった。ウイスキーの水割りを二口三口飲んだだけで、酒もすすまないようだった。ただ、シャツの襟元に光った物がちらちら見えた。金色のいくぶん太めのチェーンを吊っていた。彼はそれをいつも身に着けているのだろうが、その日の茶屋の目には、不謹慎な色に映ったものである。

二章　黒い雪面

1

気温の低い日が二日つづいたが、きょうは初夏を実感する気温になった。
サヨコもハルマキも、白い腕をあらわにしている。
ハルマキが、昼食をなににするかを、茶屋とサヨコに訊いたところへ、牧村編集長から茶屋宛《あ》てのファックスが届いた。
［ご依頼の件、報告いたします。
金堀文貴　四十二歳
本籍　栃木県日光市鬼怒川《きぬがわ》温泉大原《おおはら》
住所　東京都新宿区新宿五丁目×番×号
花園《はなぞの》サザン五一二」

たぶん会社の顧問弁護士に依頼して取り寄せた公簿の写しだろう。

それによると金堀は、二十九歳で寺井淳子《てらいじゅんこ》と婚姻したが、三年後に離婚。三十三歳で加納朝世《かのうともよ》と婚姻したが、三十七歳で離婚、となっている。子どもについての記載はない。

茶屋はこれを、ポケットノートに控《ひか》えた。それを見ていたように牧村が電話をよこした。

茶屋は礼をいった。

「その男が、登山経験のなかった糸島という人を、北アルプスへ案内したんですね」

牧村は金堀のことをいった。

「そう」

「これまでに、初心者は無傷だったけど、案内したベテランが死亡したというケースはありますか?」

「さいわいにして私の知り合いには、そういう人はいないが、ないことはないだろうね」

「二人登山で、ベテランに死なれたとしたら、初心者は心細い思いをしたでしょうね」

「けさのあんたは、頭が冴《さ》えていそうだ。そういうストーリーの小説を、だれかに書かせるといい」

「金堀文貴の公簿を見ていて、思いついたことがあります。茶屋先生にはしばらくお会いしていないので、今晩、どうです。例のとこで」

「例のことは？」

「あれ、とぼけて。例のあの店」

「あの店って、歌舞伎町の？」

「ほかにはないでしょ」

牧村は、へへ、と笑った。例の店は「チャーチル」だ。そこには彼がぞっこんのあざみというホステスがいる。

茶屋は、いけたらいく、と曖昧《あいまい》な返事をした。

牧村は、茶屋がこようとこまいと、あざみに会いたくて、チャーチルへいくだろう。

茶屋は、金堀文貴に関心を持った。糸島英俊の遭難に疑問があるからだ。それで金堀の身辺を嗅《か》ぐことにした。

四谷へ向かった。彼がどんな会社をやっているかを知りたかった。

金堀商事の所在地は、四ツ谷駅から四、五分の古いビルの三階だった。そのビルの一階には全テナントの名が書かれたボードがあるが、そこに金堀商事は入っていなかった。一階がカフェだったので、カウンターのなかにいた中年男に、金堀商事を知っているかを訊いた。

「それは三階でしたけど、移転したんじゃないでしょうか」

前掛けをした中年男はそういった。

茶屋は、カウンターに並んだ椅子に腰掛けると、コーヒーを頼んだ。

このカフェは古そうだ。それをいうと、オープンして十五年になるという。同じビルのテナントの人たちも利用していることだろう。

「移転したのは、いつごろですか？」

「三月だったと思います」

二か月前だ。

「金堀商事は、現在もここになっているんですが？」

茶屋は、おかしいというふうに首をかしげた。

香りの立つコーヒーが前へ置かれた。

「マスターは金堀商事の金堀文貴さんを、ご存じでしょうね？」

「はい。会社にいらっしゃる日は、かならずここへおいでになりましたので」

「このビルには、何年間ぐらい？」

「三年か四年だったと思います」

金堀のほかに、社員は三人いて、一人は若い女性だったという。

「業種をご存じでしたか？」

「食品の輸入です。うちではドライフルーツと、パスタを買っていました。少し値は高いけどおいしいので、ずっと仕入れていたんです」

それなのに金堀商事は、どこそこへ移るという挨拶もなく、事務所を明け渡したという。

このビルの管理は、四ツ谷駅前の不動産会社だと分かった。そこではどこへ移転したのかを知っているのではないか、とマスターはいった。

マスターは、ほかの客の注文に応じながら、茶屋の人品を観察するような目つきをした。

金堀は、会社にいるかぎりこのカフェで喫茶《きっさ》をしていたというから、彼についての情報を持っているだろうと茶屋は踏んだ。

二人連れの女性客が入ってきたのを機に、茶屋は代金を払って外へ出、駅前の不動産会社へ寄った。金堀商事の移転先を知りたいといったのである。

「金堀商事は、移転ではなく、廃業したんです。金堀さんが事務所の解約にきたとき、そういいました」

四十半《なか》ばの社員がいった。

「廃業ですか。……おいしい物を扱っていたと聞いていましたが」

「外国の食品を輸入している業者は多いですし、スーパーなんかは、独自に輸入仕入れをしていますから、金堀さんは見切りをつけたんじゃないでしょうか。不景気な話をしていました」

茶屋はカフェへもどった。昼食を終えた会社員風の男女が、笑い声を立てながら店を出ていった。

「金堀商事は、廃業したそうです」

茶屋は、さっきと同じ椅子に腰掛けると、パスタをオーダーした。

「そうでしたか。それでご挨拶なしだったんですね」

マスターは、秤《はかり》にかけたパスタを鍋に入れた。

事務所では、ハルマキが悠長な手つきで昼食をつくるのを、たまに見ているが、きょうはプロの手ぎわをじっと観察した。

「お客さんは、金堀さんのことを調べていらっしゃるんですか？」

マスターは、両手を動かしながら訊いた。

茶屋は、マスターがカウンターのほうを向いたとき、名刺を渡した。

マスターは、名刺の端を摘《つま》んでじっと見てから、

「茶屋次郎さん。……あの週刊誌に……」

カウンター横のラックを目で指した。それには「女性サンデー」も「週刊モモコ」も入っている。

職業は旅行作家だが、個人的に金堀文貴に関心を持ったのだといった。

茶屋は、オリーブオイルの香るパスタをフォークに巻きつけた。薄味のスープは旨《うま》かった。

マスターは器を洗いながらまた、茶屋をちらちらと見ていた。甲高《かんだか》い声で話し合っていた女性客が出ていった。

「じつは、金堀商事に勤《つと》めていた女の子が、ここで働いているんです。きょうは三時からです」

その女性は有馬《ありま》さとみといって、二十二歳。金堀商事に二年間ほど勤務しながら、夜間、カフェでアルバイトをしていた。そのことは社長の金堀も知っていたという。マスターは、それを茶屋に話そうかどうしようかを迷っていたようだ。

「有馬さんは、金堀商事が廃業したのを知っていたのではありませんか」

茶屋がいった。

「いいえ。移転すると聞いただけのようです」

金堀商事がこのビルの事務所を明け渡したとき、有馬さとみは退職したのだという。

有馬さとみは、午後三時五分前に出勤した。

身長は一六五センチぐらいで、細面。髪を後ろで束ねている。ピンクのシャツの上に薄いブルーのジャケットを着て、パンツはグレーのジーンズ。

マスターが彼女に茶屋を紹介した。

「きみは、茶屋次郎さんのお名前を知っている？」

「聞いたことあります」

茶屋の書くものを読んだことはなさそうだ。

マスターは、店の隅を指差して、茶屋と話すようにといった。

さとみは、やや緊張した表情をして、茶屋と向かい合った。

茶屋は、金堀が友人と北アルプスに登ったが、残雪のなかで径に迷い、初登山だった友人のほうが死亡したのだと話した。

「有馬さんは、金堀さんから、登山の話を聞いたことがありましたか？」

茶屋は、マスターが運んできてくれたコーヒーを一口飲んだ。

「あります。会社には社長のアルバムがあって、それには山のなかや、岩の上で撮った写真がびっしり貼ってありました」

金堀は来客に、自慢げに登山での思い出話をすることがあったという。彼女も登山とは無縁だといった。

「あなたは、糸島英俊さんを知っていましたか？」

「どういう方でしょうか？」

「東明舎の技術者でした。山で亡くなったのが糸島さんなんです」

「東明舎って大きな会社ですね。……糸島さんという方は、いらっしゃったことはなかったと思います」

茶屋は、金堀商事が廃業したのを知っているかと訊いた。

「社長は、事務所を移転するといいましたけど、どこに移るのかを決めていないようでした。それから、二人いた男性社員に辞めてもらいました。一年ぐらい前から売り上げが減りましたので、社長は会社を継続していく意欲を失くしていると、わたしはみていました」

金堀は、べつの事業を計画していたのではないかと、彼女は感想を語った。

金堀の人柄を、どうみていたかを訊いた。

「愛想はいいし、穏やかです。何年か前に離婚して、独り暮らしということでしたけど、寂《さび》しがり屋なんじゃないでしょうか、しょっちゅう、女性がいる店へ飲みにいっているようでした」

「あなたは、金堀さんと飲みにいったことは?」

「食事をご馳走《ちそう》していただいたことは、何回かありましたけど、女性のいる店へお伴したことはありません」

「食事をしたついでに、飲み屋へ誘われたことがあったんじゃ?」

「ありましたけど、わたしはお酒がダメなので、断わりました」

「金堀さんは、酒が強いんですね？」

「食事のあいだも、よく飲んでいましたので、強いのだと思います」

男性社員を連れて飲みにいくことはあったのではないか、と訊くと、月に一回ぐらいはあったと思うといった。

「金堀さんは、二度離婚していますが、その原因をご存じですか？」

「二回。……それは知りませんでした。離婚の原因を聞いたことはありません。茶屋さんは、なんだと思いますか？」

彼女には、結婚を考えている人がいるのか、真剣な顔をして訊いた。

茶屋は、分からないといって首を振った。

「社長は、いまどこでなにしているんですか？」

彼女の眉間《みけん》がわずかにせまくなった。

「私は、ここで金堀商事をやっているとばかり思ってきたんです」

「登山をしていたんですから、余裕のある暮らしなんでしょうね」

さあどうだろうかというふうに、茶屋は首をかしげて見せた。

2

金堀文貴の住所は、新宿の花園神社の北側にあたる年数を経ていそうなマンションだった。見上げると十階建てだ。夕食どきにはまだという時間なのに、路地を入ると焼肉の匂いがただよっていた。マンションの隣はラブホテルだ。

一階の集合ポストの半数ぐらいには名札がなかったが、511号には［金堀］の名札が入っていた。茶屋はエレベーターをちらりと見たが、灰色の階段を昇った。階段には、タバコの吸殻《すいがら》もチリ紙も落ちていた。

無人の館のように静まり返っていたが、頭の上で急に激しい物音がして、足音が駆け下りてきた。黄色い髪の若い女性が、靴が壊れそうな音をひびかせて、茶屋の横をすり抜けていった。それきりマンションは、また深い水底のように、物音も人声も聴こえなくなった。

五階の通路では、どこから飛んできたのかピンクのゴム風船がゆらゆらと動いていた。511号室には表札がなかった。ドアに耳を近づけてみたが、まったく物音は聴こえない。

通路にはコーヒーのような色のドアが八つ並んでいる。そのうちのどれかの部屋には人がいそうだ。

茶屋は、五階の入居者のだれかから金堀の日常を聞き込みしようと、他の部屋のドアに耳をあてた。かすかに音楽が聴こえるドアがあった。テレビをつけているのかもしれなかった。金堀の部屋より三つ奥である。

ドアと同じ色のインターホンを押した。小さな物音がドアに伝わった。足音にちがいない。その部屋の人は、ドアミラーをのぞいてから応答するのだろう。

「どなたですか？」

女性の声がした。

「ちょっと、おうかがいしたいことがあります」

「どんなことでしょうか？」

「私の名は、茶屋です。511号に住んでいらっしゃる金堀さんを、ご存じですね？」

どう答えたものかを迷っているのか、二分ばかり声がしなかったが、急にドアが一〇センチほど開いた。その透《す》き間から白い顔が、茶屋の全身を舐めるように見て、

「金堀さんが、どうかしたんですか？」

白い顔の女性は三十半ばに見えた。

「はっきり申し上げます。私は、金堀文貴さんがどんな暮らしをしているのかを、調べているんです」

「あなた、探偵ですか？」

「探偵ではありません。ものを書く仕事をしています」

茶屋は、白い顔に向かって名刺を出した。

彼女は、ドアチェーンをはずした。

彼女は黒の長袖シャツに足首が隠れる長さのグレーのスカート。たたきの端に、黒いズックがそろえてあった。板の間には小ぶりのテーブルがあって、緑色の一輪挿しが置かれていた。きれい好きで几帳面《きちょうめん》な人のようだ。

「金堀さんのことを、なぜ調べているんですか？」

痩せぎすの彼女は丸い目をして訊いた。部屋の奥のほうでピアノの曲が流れている。

「金堀さんは、四谷で商事会社をやっていましたが、二か月ばかり前に廃業なさった。それで、その後、どうなさっているのかを知りたかったんです。あなたは、金堀さんを、よくご存じですね？」

「よくは知りません。ここへ同じころに入って、長く住んでいるものですから、ときどき立ち話をします。会社が四谷にあるという話は聞いたことがあります」

彼女は、はっきりした声で話すようになった。まだ陽差しが残っている時間に自宅にいるのだから、水商売の勤めかと思ったが、そうではなさそうだ。

「長くお住まいになっていらっしゃるというと、五、六年ですか？」

「ちょうど十年です。どこへいくにも便利がいいので、いつの間にか。……環境はご覧のとおり」

彼女は、この建物の周辺のことをいった。

「十年とおっしゃいますと、金堀さんは結婚されていたはずですが？」

「ご存じじゃありませんか。きれいな奥さんと二人暮らしでしたけど、三、四年で奥さんの姿が見えなくなりました」

「奥さんと、お話をされたことは？」

「ありません。顔を見れば挨拶する程度でした」

彼女の記憶だと、金堀の妻は会社勤めのようだったという。

金堀は二度結婚している。ここに住んでいたのは二度目の人だろう。

「あなたは、金堀さんがどういう会社を経営されていたのかを、お聞きになったことがありますか？」

「外国から食品を輸入していらしたんでしょ。缶詰やパスタなんかを、何回もいただきました。いただき物をしても、わたしにはお返しができないので、お断わりしました。気を悪くされたと思いますけど、たびたび物をいただくのが負担になったものですから」

彼女は、わずかに眉間を動かした。

「金堀さんが仕入れた食品を、召しあがりましたか？」

「はい。おいしい物でした」

「金堀さんは、他の部屋の方にも、プレゼントをしていたでしょうか？」

「知りません」

彼女は、つづけてなにかいおうとしたらしいが、よけいなことと思ってか口をつぐんだ。独り暮らしなのだろう。それに色白の器量よしだ。彼女は金堀の下心を警戒したのではないのか。

有馬さとみの話だと、金堀は酒好きということだった。寂しがり屋ではないかとさとみはいっていた。飲み屋なら、三分と歩かないところに数えきれないほどある。

「金堀さんは、この近くのバーでよく飲んでいるそうですが、彼のいきつけの店をご存じですか？」

「なんでもお調べになっていらっしゃるんですね」

彼女は、手にしていた茶屋の名刺を見直した。ものを書く仕事だといったが、ルポライターなのかと、彼の正体をさぐる目つきをした。

「世間では旅行作家といわれています。新聞や週刊誌に、紀行文をちょくちょく」

彼がいうと、彼女の目は彼の顔と名刺を往復した。

「旅行作家の方が、なぜ金堀さんの身辺を調べるようなことをなさっているんですか？」

茶屋は、もっともな質問だというふうに首を動かし、この調査は仕事ではないと答えれそうな気がした。

彼女の表情はいちだんと険しくなった。ここで彼女を納得させないと、茶屋は塩を撒《ま》かた。

「最近、金堀さんが関係するある事故が起きました」

「どんな事故なんですか？」

彼女は、スカートの腿《もも》のあたりをつかんだ。

「山岳遭難です」

「金堀さんが登山をなさるのを、わたしは知っています。どんな遭難事故なんですか？」

「彼は、知人と二人で北アルプスへ登りました。知人のほうは初登山でした。金堀さんの話ですと、残雪帯で方向が分からなくなって、目的地に着けなくなった。知人のほうは疲れきって動けなくなり……」

「お亡くなりに？」

「はい」

「金堀さんは、知っている山、というか、かつて登ったことのある山へ登るつもりだったんでしょうね」

勘のいい女性だ。

「そうです。それなのに、残雪帯で迷ったというのが、どうも納得できません」

「同行者がお亡くなりになったんですから、警察は金堀さんから、経緯《いきさつ》を詳しく聴いたでしょうね」

「勿論《もちろん》です」

「警察は、金堀さんの説明に納得したんですか？」

「警察官は、二人の行動を見ていたわけじゃないので、金堀さんから事情を聴いただけだと思います」

「二人登山で、一人が死亡。目撃者はいない。生き残ったほうの説明に疑問はあっても、さまざまな条件から、死亡はいたしかたなかった……」

彼女は、茶屋の肩のあたりに視線をあてて、独り言のようにいった。

「茶屋さんは、金堀さんとはどういうご関係ですか？」

彼女の視線は茶屋の目に移った。

「私は、金堀さんに案内されて山へ登った男と知り合いでした。それまで金堀さんを知りませんでした」

「分かりました」

なにが分かったのか、彼女はまたスカートの腿のあたりをつかんだ。

「茶屋さんは、山で亡くなった方の奥さんか、恋人か、ご家族かに調査を頼まれた。その方々は、金堀さんの説明が納得できないので茶屋さんに相談された、話を聞いた茶屋さんも、死亡原因に疑問をお持ちになった、ということですね」

茶屋は、そのとおりだとうなずいて見せた。

どうやら彼女は、終日、自宅にいるようだが、もしかしたら小説を書いているのではないか。

茶屋は遠慮《えんりょ》がちに彼女の職業を尋ねた。

「英文の翻訳《ほんやく》をやっています」

「出版社から依頼されて？」

「主に出版社です」

「小説ですか？」

「小説もあります」

氏名を訊いた。彼女は奥から名刺を持ってきた。

「宮浜渚《みやはまなぎさ》」と、やや太い字が刷ってあった。

彼は、彼女に渡した名刺にケータイの番号を書き加え、金堀のことでなにか思い出したら、知らせてくださいといった。

奥で電話が鳴った。彼は、仕事中に邪魔したことを詫《わ》びた。

3

茶屋は、宮浜渚の白い顔と澄んだ声の余韻《よいん》を抱きながら、花園神社の境内《けいだい》へ入った。若い女性の三人連れが珍しそうに辺りを見まわしていた。彼は賽銭《さいせん》を供《そな》え、手を合わせた。自分の文運を祈り、災難がおよばないことを願った。

境内を通り抜けて階段を下りた。パトカーがとまっていた。四谷警察署花園交番だ。歌舞伎町を向いて左側がゴールデン街で、紅灯がチカチカとまたたきはじめたころだ。この飲み屋街の一画の反対側は以前、区立四谷第五小学校だった。現在、その校舎を吉本興業が使用している。

茶屋は、ゴールデン街を区役所通りへ抜けた。見覚えのある黒人の男が、「どう、一杯」と話し掛けてきたが、それを無視して「さんチャン」というラーメン屋へ入った。

そこは茶屋が学生のころから夫婦でやっている。ラーメンとギョーザしかない店だが、変色した壁に貼ってあるメニューのトップには「支那《しな》そば」と書いてある。

「らっしゃい。しばらく」

調理場からおやじがちらっとのぞいた。

コップ酒がきてから支那そばを頼んだ。黄色のそばの上に、鳴戸《なると》が一切れとメンマが三本のっているだけである。

近くの店のホストらしい二人が、そばを食い終えて出ていった。奥のテーブルでは黒服の男が一人、ネクタイをゆるめて額の汗を拭いていた。

一時間ばかりここにいるつもりで、店の週刊誌を開いた。客が代わるがわる読むから か、あちこちにシミがついていた。政治家の女性に関するスキャンダルを読んでいるう ち、ふと思いついたことがあって、糸島英俊の妻の冬美に電話した。

彼女は、通夜や葬儀に参列してくれた礼を丁重《ていちょう》に述べた。何人もに同じような礼をいっているのだろうが、常識をそなえた賢い人と、茶屋は受け取った。

「いま気付いたことなんですが、糸島さんは、なにかを書き遺《のこ》していませんか？」

「書き遺して……」

どういう意味かというふうに彼女は訊いた。

「人は、最期を悟《さと》ったとき、ご家族や大切な人に、別れなどをペンで告げることがあります。かつて山の遭難では、意識が消えるまで、遭難にいたる経緯や、家族や友人への礼を、凍《こご》える手で書いた岳人がいて、死後に『涙の遺書』として公表された例があるんです。糸島さんも、もしかしたら奥さんとお子さんに宛て、なにかをと思ったものですから」

「先日、見ていただきましたように、警察から渡された装備はそのままにしてあります。

身に着けていた物のポケットなどをよく見ていませんので、これから」

彼女は、夫の最期を想像したのか、声をつまらせた。

彼女が、糸島が着ていた物に手をつけるのは、何日かあとだろう。もしも彼が書き遺したメモのようなものが出てきたら、連絡をよこすにちがいない。

茶屋は登山をはじめたころ「山日記」というのをつけていた。出発の年月日、天候、同行者名。登降コース、宿泊した山小屋のもよう。幕営ではその地点と食料。そして反省点なども。


クラブ・チャーチルの客は二組だけ。三人連れは、ドレスの女性たちと笑い合っていた。もう一組は単独。牧村だ。彼の横にはあざみがぴったりくっついている。彼女は二十六、七歳だろう。細身で上背がある。何代か前に外国人の血が混ざったのではないかと思われるくらいヒップの位置が、日本人の平均よりはるかに高い。

「やあ、茶屋先生、いらっしゃい」

牧村は、この店のマネージャーになったようなことをいった。すでに酒は五臓六腑《ごぞうろっぷ》にゆきわたり、脳を侵しはじめているのだろう。

あざみが細くて長い指で、茶屋のために水割りをつくりはじめた。爪はダイヤモンドをちりばめたようにキラキラ輝いている。

「先生、いつ出発ですか？」

茶屋がグラスを持つ前に牧村はいった。

「いつ出発って、なんのこと？」

「あれっ、先生。仕事を忘れちゃ困ります。山での出来事のほうに気を取られているんで、私のいうことを、うわの空で聞いてたんでしょ？」

牧村は、グラスをつかむとぐいっと飲《や》った。

「あんたは毎晩、ここでガンガン飲んでいるんで、だれかと勘ちがいしてるんじゃないのか。どこへ出発するんだ？」

「え、えっ。昼間、電話したこと。……あれっ、電話しようって思ったとき、だれかから電話が。……そうそう、野間津《のまづ》先生から、南青山《みなみあおやま》の天ぷら屋へ誘われたんでした。野間津先生が見つけてくる店は、どこも、ほんとに美味《おい》しい。南青山の天ぷら屋へいくのは明日です。茶屋先生もどうです。いつもいつも、二度と食いたくないような物を出すとこばっかりじゃなくて……」

牧村は、よだれが洩《も》れそうになったのか、手の甲を口の端にあてた。彼のいう野間津というのは三十代後半の女流作家だ。食べ物が出てくる恋愛小説を書いている。料理のつくりかたまで細かく書く人だ。テレビに出ていたが、腰のあたりに肉がどっさりついていそうな体形をしていた。

「茶屋先生、しばらくです」

といって、グリーンのロングドレスの丹子《たんこ》がすわった。初めて彼女に会ったとき、風変わりな名だといったら、変わり者の父親が付けた本名だといった。彼女は栃木県生まれだが、北海道が好きで、毎年、列車旅行をしているということだった。どこへいったかと訊いたら、『小樽《おたる》、函館《はこだて》、苫小牧《とまこまい》、それから、留萌《るもい》、滝川《たきかわ》、稚内《わつかない》』だと、どこかで聴いた歌のようなことをいったものだった。

「思い出した」

牧村が叫ぶような声を出した。どうやら記憶がきれぎれに飛ぶらしい。彼は四十一歳。いまのうちに大学病院へでもいって、精密検査を受けたほうがいい。脳のどこかに空洞が生じたか、脳の一部を母親の胎内に置き忘れて、出てきた人間なのではないのか。

「先生から頼まれた、金堀なんとかいう人の公簿を見た瞬間、次の名川探訪は鬼怒川だって、思いついたんです。関東では欠かすことのできない名川なのに、いままでどうして思いつかなかったんでしょう。それとも茶屋先生には、鬼怒川に嫌な思い出があるので、自分からはいい出さないことにして、とぼけていたんじゃないですか。なにがあったんですか、鬼怒川に？」

「勝手な想像を。……金堀文貴の本籍が鬼怒川温泉だと知ったとき、いままで私も、鬼怒川を思いつかなかったことに気がついた」

「十年ぐらい前に、一度、鬼怒川温泉へいったことがある」

「鬼怒川を見たことは？」

「鬼怒川温泉だけ？」

「東照宮《とうしょうぐう》と、その一帯を見学した」

「どなたかと一緒だったでしょうね？」

牧村は、上目遣いになった。彼がなにを考えているか、茶屋には分かっている。

「アメリカからやってきた夫婦だ」

「夫婦。面白くもなんともないですね。アメリカ人の夫婦は、日光を見学して、温泉に浸《つ》かって、満足したようでしたか？」

「奥さんは、初めての来日だったが、輪王寺《りんのうじ》、東照宮、二荒山《ふたらさん》神社を一日がかりで見て、日本の建築物に興味を持ったといっていた」

「先生は、日光山内の建造物のいわれの説明ができたんですね」

牧村は、肚《はら》のなかでは笑っているようだ。

「彼女は、陽明門《ようめいもん》の造りに感心したといって、唐破風《からはふ》二層造りの門を、一時間もかけて見ていた」

「わたし、日光へいってみたい」

丹子だ。

茶屋と牧村の会話を聞いていて、急に思いついたのだろう。

「列車で二時間ぐらいだ。北海道もいいが、日光へは一度いっておかないと」

牧村がいった。

「栃木生まれなのに、恥ずかしいかしら」

「ああ、世界遺産だしな」

「わたしも、いったことない」

あざみだ。

「外国の人がいくのに、日本人はあんまりいきたがらないのかな」

牧村は酒が効いてきたのか、あくびをした。

あくびをした口で、茶屋にいつ鬼怒川取材に出発するかを訊いた。

「三、四日後になる」

茶屋は、金堀の関係者に会うつもりだ。

丹子は、小さなバッグから赤い表紙のノートを取り出した。

「三日か四日後なら、わたし都合がいいです」

彼女は予定表を確かめたようだ。最近はスケジュールをケータイやスマートフォンに記録しておく人が多いのに、丹子はノートに手書きだ。

「都合って、なんだ？」

牧村が目をこすった。

「茶屋先生が、日光の近くのなんとか温泉へいく日」

「一緒にいきたいのか？」

「駄目ですか、先生？」

「そんな、勝手に。私は仕事でいくんだ。取材旅行なんだよ」

「邪魔になるっていうことですか？」

「勝手に決めないでって、いってるんだ」

「だれかと一緒なんですね？」

「私は単独だよ」

「いいです。もう、ついていくっていいません」

牧村の首がかたむいた。彼は頭をあざみの肩にのせた。もうどこにいるのか分からなくなっている。

茶屋のジャケットでケータイが歌をうたった。モニターに番号だけが並んだ。

4

電話は思いがけない人からだった。新宿のマンション花園サザンの五階に住んでいる宮浜渚だ。彼女は自宅で翻訳の仕事をしているといっていた。同じ階に住んでいる金堀文貴を知っていた。彼が海外から輸入した食品をもらったこともあるといった。茶屋は彼女の、知的な目鼻立ちの白い顔を思い浮かべ、夕方訪問したさいの非礼を詫びた。

「金堀さんが飲みにいっていたお店を、一軒思い出しましたので」

彼女の声は山の清流のように澄んでいる。誘った覚えもないのに、旅行についていきたいなどと、鼻声でいう女性とは、人種が異なっているようだ。

宮浜渚が思い出したという店は、ゴールデン街の「にゃーご」という名だといった。

彼が訊き返すと、猫の鳴き声を真似《まね》た。

一年ほど前、彼女は友人に誘われて飲みにいったところ、その店に金堀がいた。彼はカウンターに肘をついて独りで飲んでいたという。

茶屋は礼をいい、いま新宿にいるのでこれからその店へいってみるといった。

「あら、お帰りになるんですか?」

あざみは、牧村の頭を左の肩にのせたままいった。

牧村は三十分ばかりで目を覚《さ》ます。居眠りする前まで茶屋がいたことなどすっかり忘れ、また二、三杯飲み直し、二度目の睡魔がやってくる前に腰をあげるのだろう。

宮浜渚に教えられたにゃーごという店は、花園神社に近いほうにあった。白地に赤い文字の看板が出ていた。もしかしたら、今夜はそこに金堀がいるかもしれなかった。彼と会ったら、「やあ、偶然ですね」ぐらいはいってみるつもりである。金堀は、ここを、だれかから聞いてきたのではないかと勘繰《かんぐ》るだろうか。勘繰れば茶屋の行動を警戒《けいかい》する。

店はすいていた。客はカウンターに二人いるきりで、一人は酔い潰れたのか眠っていた。ママは五十歳ぐらいで、髪を黄色に染めている。二十歳そこそこに見える目の大きな女性がいた。

壁には芝居《しばい》のポスターがいくつも貼ってある。役者がよく利用する店なのか、それとも目の大きい女性が女優なのか。

飲み屋というのは、初めての客がくるとその正体を警戒するような目で見るものだが、気さくそうなママは、茶屋が頼んだウイスキーの水割りを、「はい、どうぞ」といって出した。

茶屋と同年配の客は、若い女性と低い声で話し合っている。

茶屋は、ママにビールを注いで、二杯目を頼んだ。

「こちらへは、金堀さんがよく見えるそうですね？」

茶屋は笑顔をつくった。

「お客さん、金堀さんのお知り合い？」

「最近、知り合ったんです。金堀さんは、ちょくちょく？」

「五月初めの連休前に見えました。お住まいが近くだから、晩酌《ばんしゃく》がわりに」

何日かつづけて飲みにくることもあるという。

「晩酌がわりに。……じゃ、いつも独りで？」

「連休前のときは、お友だちと一緒でした」

「その友だちとは、こちらでよく飲むんですね？」

「ええ。何度かお見えになった方です。この前は、二人で山へ登る相談をしたところだ、なんていっていました」

その友だちは糸島英俊ではなかったか。歳格好を訊くと、金堀と同い歳ぐらいではないかとママはいった。

茶屋は、若い子と話している客の耳を気にして、水割りを三杯飲んだところで立ちあがった。代金と一緒にケータイの番号を入れた名刺を渡し、訊きたいことがあるので、あした、店を開けるころにくると告げた。

ママは、茶屋の目の奥をさぐるような表情をした。

にゃーごのママは、次の日の午後電話をくれた。

「うちの女の子が、茶屋さんのお名前を知ってました。……それから……」

ママの口調が変わった。

ゆうべ、茶屋が帰ったあとに店にきた客から、金堀と一緒に山へ登った男が、山中で死亡したのを聞いた。その話を聞いたので、山の遭難の記事が載っている新聞をさがして読んだ、といった。

茶屋は、ママに会いにいくことにした。彼女は、歌舞伎町のど真んなかにあるカフェを指定した。そこは、きのうラーメンを食べたさんチャンの近くだ。いつも目つきの鋭い黒服の男の客がいる。

電話をもらってから一時間後にカフェに着くと、ママは曇った顔をしていた。

「金堀さんが、何日も飲みにこないので、からだの具合でもよくないのかって思っていたら、ゆうべ……」

ママは声を低くした。彼女は、茶屋がゆうべ、金堀のことをさぐるようなことをいった理由を理解したようだ。

ママの記憶では、金堀が糸島を最初にともなってにゃーごへきたのは、去年の十一月。霜月酉《しもつきとり》の市《いち》の日だった。

この日は、熊手などの縁起物が売り出されるだけでなく、神社の三方を囲むように食べ物の屋台がずらりと並ぶ。テント張りの居酒屋まで出現する。

金堀は、カウンターにとまると、糸島をママに紹介した。有名企業の優秀な技術者だと、まるで身内を自慢《じまん》するようなことをいったので、ママは糸島を記憶にとどめることになった。

その日の金堀は、かつて登ったことのある山の話をさかんにしていた。なんという山からはどこが見えるとか、山脈を越えて望む日本海などの風景を、長ながと話していた。糸島は口数が少なく、ときどき、登山の心得のようなことを金堀に質問していた。

二週間後ぐらいに金堀はまた糸島と一緒にあらわれた。前回の金堀は、登山の爽快感《そうかい》や、山頂からの眺望の美しさなどを話していたが、二度目は、糸島を登山に誘うようなことをいっていた。糸島は、生真面目《きまじめ》な性格らしく、金堀の話を熱心そうに聞いてうなずいたり、質問したりしていた。酒はそう強いほうではないらしく、一時間半か二時間ほどのあいだに、ウイスキーの薄い水割りを二杯空けた程度だった。金堀のほうはいつものペースで、四、五杯は飲み、酔いがまわってくると、眠そうな目をする。

糸島は、席を立つ潮時《しおどき》を心得ていて、金堀があくびを嚙み殺したのを見て、「お先に失礼します」といって、鞄を膝へ引き寄せていた。

「金堀さんが糸島さんと一緒に飲みにきたのは、何回ぐらいですか?」

茶屋が訊いた。

「十回はきてます」

「そのときの勘定は?」

「金堀さんでした。糸島さんが、『きょうは私が』というと、金堀さんは、『ここは気を遣わないでください』とかいって、糸島さんの肩を軽く叩いていました」

「二人は仲よしだったんですね」

「仲よしにはちがいないですけど、金堀さんは、一緒に山に登る友だちがほしいのか、糸島さんを誘ってました。二人の話を聞いてて、糸島さんには山登りの経験がないんだと、わたしは思いました」

「登山経験がなかった糸島さんを、金堀さんは無理矢理誘ったんじゃないでしょうね？」

茶屋は冷めかけたコーヒーを一口飲んだ。

「無理矢理ってことはないと思います。誘われても、登る自信がないからって、断わることができたでしょう」

「二人は飲みながら、登山に関する話をしていた。金堀さんの話を聞いているうち、糸島さんは山へ登りたくなったんでしょうね？」

茶屋は、ママの茶色の目に訊いた。

「そうだと思います。山に登るのに必要な物のことを訊いていましたので。……たしか金堀さんは、便箋のような紙に、必要な物を書いて、それを売ってる店も教えてました。わたしは、登山用具の店なんて、のぞいたこともなかったんで、金堀さんに、『どこにあるの？』って訊いた覚えがあります」

「金堀さんが糸島さんに教えた店は、どこでしたか？」

「糸島さんのお勤め先に近いっていって、たしか神田の店を。……その店、新宿にもあるようなことをいってました」

金堀は、五月の連休の前に飲みにきたというが、そのときも糸島と一緒だったか、と茶屋は訊いた。

「その日は独りでした」

「金堀さんと糸島さんは、五月五日の朝、新宿から列車で登山に出発しましたが、連休前に飲みにきた金堀さんは、山へいくことを話しましたか？」

「聞いてません」

その日、金堀は午後九時ごろにきて、一時間ぐらいで帰ったのだという。

「ママにどんな話をしたのか、覚えていますか？」

ママは、額に手をあてて考え顔をした。

「あ、そうそう。金堀さん、おつまみのチーズをまずそうに食べてて、珍しく日本酒を飲みたいっていったんです」

「彼がママの店で、日本酒を飲んだことはなかったんですか？」

「あったと思いますけど、それはずっと前だったような気がします。そのとき、会社を移転することにしたといってました」

金堀商事はすでに廃業していたのだが、それをママには話していなかったのだ。

「日本酒を飲むのも珍しかったけど、なんとなく疲れているようで、元気がなかったのを覚えています」

「その日、ママは金堀さんに、糸島さんのことを訊かなかった？」

「訊かなかったような気がします。いま考えると、訊けばよかったって……」

ママは、黄色の髪の端を摘んだ。

5

三田村から、事務所へ出たばかりの茶屋に電話があった。金堀文貴について、どんなことが分かったかと三田村は訊いた。

金堀は糸島とともに、横尾から森林帯を蝶槍の稜線へ登り、稜線コースを常念岳めざして北へすすんだといっている。が、それは嘘ではないかと茶屋と三田村はにらんでいる。

茶屋と三田村は、糸島の遺体が発見された現場を見るためと供養に、槍沢をさかのぼり、一ノ俣谷の出合いの手前で右手に逸《そ》れた。ササ藪の急斜面を登り、残雪のある襞をいくつか越えて、救助隊が置いた赤布の目印に着いたのである。

その場所を知ってさえいれば、横尾山荘から三時間半ぐらいで到着できる距離である。

「金堀は、初登山の糸島と一緒だったから、三時間半や四時間では、あそこまでは登れなかったと思う。五時間かかったか、もっとかかったかもしれないが、とにかく二人はあそこへ着いた。それが五月六日だ。そして七日は、あの地点を中心にして半径二〇〇メートルぐらいの範囲を、グルグル歩きまわっていたんだと思うな」

三田村は、考えていたらしいことをいった。

茶屋は、救助隊員の伏見から聞いたことを思い出しながら相槌を打った。

「金堀は、かねてから計画していたことを実行するために、糸島を山に誘ったんだと思うが、茶屋はどうみているんだ？」

「金堀が、登山未経験の糸島を誘ったのは事実だ」

茶屋は、にゃーごのママの話を伝えた。

「やっぱり、そうだったのか」

「金堀が、かねてから計画していたこととは、糸島を抹殺《まっさつ》するっていうことだな」

一般の会社などではこんな会話はできないが、茶屋事務所のサヨコとハルマキは、目を見張るわけでもないし、耳をそばだててもいない。茶屋が旅先で出合ったかずかずの苦難や、彼の書く「事件」に慣れっこになって、いや、慣れっこでなく、楽しんでいるのだ。

「そう。金堀は、山のなかでじっとしているわけにはいかないので、森林帯の斜面をいったりきたり、ある一点を中心にグルグル歩きまわっていた。それは、糸島を疲れさせ、やがて動けなくさせるために……」

「糸島君を抹殺する目的は、なんだったんだろう？」

「問題はそれだよ。他人の目のない山中だから、なにをどうしたのかはバレないって思っているだろうが、二人の行動の痕跡は雪の面に残っている。だが、見えないのは、金堀の動機だ。……彼は、山中での行動を怪しまれることは承知のうえじゃないかと思う。雪の上をどう動いたかは知られても、動機さえつかまれなければ、いくらでもいい逃れはできると考えているような気がするんだ」

三田村は、金堀には動機はかならずある、と力をこめていって電話を切った。茶屋に、殺害動機をさぐれ、といっているのだった。

「よしっ」

茶屋は、自分に気合いを入れて椅子を立った。ジャケットに袖《そで》を通した。

「どこへいくんですか？」

サヨコが、パソコンの画面を向いたまま訊いた。

「恵比寿《えびす》」

「あら、近いのね。なにがあるんですか？」

「金堀文貴が二度目に結婚した人が住んでいるんだ」

彼は、ノートのメモを見直した。渋谷区恵比寿に住んでいるのは加納朝世といって、三十七歳。金堀と離婚したあと、べつの男性と再婚している可能性もある。

「昼間のお勤めの人だと、いませんよ」

そんなことは分かっている。きょうはバカに茶屋のいき先を気にしているようだが、彼がいないと都合の悪いことでもあるのか。

茶屋は、コンパクトカメラを入れたバッグを肩に掛けた。

「きょうは牧村さんから、名川探訪にはいつ出発するのかって、先生のスケジュールを訊かれると思います。今度は、鬼怒川に決定したそうですね」

「そうだ、鬼怒川だ。スケジュールを訊かれたら、きょうの調査次第《しだい》だと答えておいてくれ」

「牧村さんは、先生が山の遭難に首を突っ込んでいるのが、気に入らないようですよ」

「働き盛りの健康な男が、岩山から転落したわけでもないのに、無傷で死んでるんだ。その遭難に首を突っ込んでるのは、死にかたに仕掛けがあるとみたからだ。さっき電話をよこした三田村も、それから、山岳救助隊員も、疑惑ありとにらんでいる」

「ふうーん。川を取材して、原稿書けば、お金になるのに」

サヨコは、うたうようにパソコンに語り掛けた。

キッチンで小さな物音をさせていたハルマキが、「あちちっ」といった。

加納朝世の住所は、恵比寿駅から歩いて十分ぐらいのマンションだった。白と灰色の夕イルを交互にはめ込んだしゃれた壁の八階建てだ。エントランスはオートロック。彼女の部屋の六一二のボタンを押した。

金堀と結婚していたときの彼女は、会社勤めだったようだと、隣人の宮浜渚はいっていた。現在も同じなら昼間は不在だろうと予想して訪ねたのだが、インターホンに、「はい」と女性の声が応じた。茶屋の姿は、六一二の部屋のモニターに映っているはずだ。

彼は名乗ってから、彼女の氏名を確かめた。

「加納です」

女性にしてはやや低い声が応えた。

彼は、彼女に会いにきた用件を簡潔にいった。

彼女は、「分かりました」というと、近くのカフェへ入っていてもらいたいといった。

「五、六分で駆けつけますので」

加納朝世の言葉は、歯切れがよかった。

彼女が指定したカフェの内装は、すべてコーヒー色をしていた。

目の前にあらわれるのはどんな女性だろうと想像しはじめたところへ、加納朝世は、彼の正面へ腰かけた。目の粗い黒のセーターに、白のTシャツが透けていた。切れ長の目をしていて、眉を細く長く描いている。

紅茶を頼んだ彼女は、金堀文貴のどんなことを知りたいのかを訊いた。

「金堀さんには失礼ですが、彼の人柄を知りたくなったんです。なぜ知りたくなったかというと……」

茶屋は、糸島英俊の遭難死を話した。

彼女は、紅茶を一口二口飲んで、彼の話をじっと聞いていた。

「彼は山のなかへ、糸島さんという人を置き去りにしたのでなく、亡くなったのを見届けてから、下山したんですね？」

彼女は、いくぶん蒼ざめた顔色をして訊いた。

「亡くなったので、下ってきたんです」

「登りで迷ったということですけど、下りでは径に迷わなかったんですね」

「糸島さんが死亡してから、二日がかりで下ったといいましたが……」

茶屋は首をかしげてみせた。

「彼の説明には、疑問があるとおっしゃるんですね？」

「私と、登山のベテランが現場を見にいったところ、はたして金堀さんのいうとおりだったかどうか。……私たちだけではない。糸島さんの遺体収容に登った救助隊員も、初心者を案内した金堀さんの行動には、疑問を持っているようでした」

「あとで気づいたら、ある範囲をグルグルと歩きまわっていた。径に迷ったという焦燥《しょうそう》感を抱いて長時間歩いたために、疲労が極限を超えて倒れたという例は、珍しくないでしょう。それから、ベテランと初心者のパーティーで、初心者のほうが先に倒れるとはかぎりません。ベテランでも、たまたま体調不良を起こすことはあるでしょうし、初心者を気遣うあまり、疲労が倍加したという例だってあると思います。わたしは金堀の肩を持つわけではありませんが、茶屋さんは、初心者が不幸な結果になったので、初めから金堀に疑いの目を向けていらっしゃるのではありませんか」

「いえ。公平にみて、金堀さんの行動は不可解です。疑わしかったので、私たちは糸島さんが亡くなった現場を確かめにいったんです。そして、警察官でもある救助隊員の感想も聞いたんです」

「茶屋さんが、疑問をお持ちになったということは、糸島さんの遭難は、金堀が謀《はか》ったことにらんでいらっしゃる？」

「金堀さんには失礼ですが、そんなふうにみえるものですから」

金堀の人柄を知りたいし、身辺を調べたくなったのだといった。

彼女はあらためて茶屋の顔の造りを見るような目つきをしてから、金堀について知りたいことを質問してくださいといった。

茶屋は、冷たい水を一口飲んだ。

金堀と離婚した原因を訊いた。

「一言ではいえませんので、いくつか例を挙げます」

朝世は、初めて頬を少しゆるめた。

彼女は、赤坂《あかさか》のビル管理会社に勤めていた。そこの同僚の紹介で金堀と知り合いになった。一度食事をともにしたあと金堀は、自分の会社が外国から買付けている物だがといって、珍しい食品をプレゼントしてくれた。旅行先で買った物だといって、みやげをくれたこともあった。それは高価な物ではないが、気が利《き》いていて自宅で使える物だった。彼女は金堀を、やさしくて、気遣いのこまやかな人だと観察した。何度か会ううち、一度離婚し、独り暮らしであることを知った。酒好きの点が気にはなったが、嫌うほどの癖《くせ》はなさそうだった。

結婚してから知ったのだが、金堀の会社には、社員が二十数人いるといわれていたが、じつは社員は三人だった。それを知ったときは、少し大きなことをいう人だったのかと思った。結婚後一年ほどして分かったのは、先妻と、しょっちゅう連絡を取り合っていたことだった。

どんな連絡かというと、離婚した先妻に金堀は、『女房はスーパーやコンビニで惣菜《そうざい》を買ってくる。ときどき、おまえの手料理の味が恋しくなる』と、甘えるようなことをいっているのを知った。

「なぜそれが分かったのですか？」

茶屋が訊いた。

「前の奥さんから電話があったんです。前の奥さんからわたしは、『たまには家で、魚を煮たり焼いたりしたほうがいいですよ』といわれました。わたしは、カッとなって、『いつも家で魚を焼いたり、野菜を煮ていますよ』といい返してやりました。金堀は奥さんに、なんとかいう料理のつくり方を訊くことがあったそうです」

金堀の最初の妻は寺井淳子という名だ。

朝世は、淳子からの電話に一時はカッとなったが、電話番号を訊き、その後、何度か掛けた。金堀が、手料理の味が忘れられないと、いまでも電話を掛けるのかも訊いた。掛けるたびに、淳子は、『ケータイにメールをよこしている』と答えたという。

「そういうことをあなたにいう淳子さんも、変わった人ですね」

「変わった人なんです。淳子さんのほうが金堀に未練というか、彼のことをときどき思い出して、恋しがっているんじゃないかって思いました」

「金堀さんと淳子さんは、なにが原因で別れたんでしょうか？」

「金堀がいうには、『前の女房は、神経質で口うるさいので、たまには独りでいたいといったら、黙って出ていってしまった』ということでした」

「淳子さんに、離婚原因をお訊きになりましたか？」

「訊きました。……いろんな女性と、飲んだり食べたりしているのを知って、『彼は、わたしと一緒にいるのがわずらわしくなったみたいなので』といいました」

「金堀さんは、あなたに、一緒にいるのがわずらわしい、とはいわなかったんですか？」

「わたしに対しては、『わずらわしい』とか、『独りでいたい』なんていったことはありませんけど、金堀には、わたし以外に好きな女性がいるんじゃないかって、ずっと疑っていました」

「どんな点からですか？」

「なんとなく。……女の勘です。どんな点なんて、お訊きにならないでください」

「好きな女性は、淳子さんだったのでは？」

「そうだったのかもしれませんが、わたしの知らないべつの人だったかも……」

朝世は、肩に広がっている髪を持ちあげるような手つきをした。

彼女に職業を訊くと、

「銀座のクラブで働いています」

と、彼の反応をうかがうような表情をした。

金堀と結婚していたころの彼女は、会社勤めだったらしく、毎朝、決まった時間に自宅を出ていった、と宮浜渚はいっていた。離婚にしても、転職にしても、迷った末のことだろうと、茶屋は彼女の、カップにからめた細い指とピンクの爪を見て勝手な想像をした。

金堀と会うことがあるのかと訊いたところ、離婚直後に、二度会ったきりだと、低い声で答えた。

三章　鬼怒川温泉

1

牧村編集長がヤキモキしていることが分かっているので、一日でも早く名川探訪に出発すべきなのだが、どうやら一風変わっているらしい寺井淳子に会ってみたくなった。金堀文貴の最初の妻である。二番目の妻だった加納朝世の話だと、金堀は淳子に、甘えるようなメールをたびたび送っていたようだという。

寺井淳子の住所は、葛飾区亀有《かめあり》。

現在の葛飾区は、都内で最も住みよい区にするために、街のいたるところを清潔にし、高齢者の運動施設を充実させたりと、さまざまなアイデアを取り入れているということだ。

茶屋には、地味な下町というイメージしかなかったが、電車で亀有駅を降りて立ちどまった。

都内や近郊の駅前によっては、住民の自転車がぎっしりと埋まっている一角があるが、この駅の前には、放置自転車は一台も目に入らなかった。交番はしゃれた格好をしていて、そこの斜《なな》め前には、マンガで有名になったキャラクターのブロンズ像が立っていた。短いスカートの若い女性が、金色の像の頭を撫でて通った。

商店街の入口がいくつも口を開けていて、どこも活気が感じられた。

茶屋は、交番の四十代の警官に寺井淳子の住所への地理を尋《たず》ねた。警官はテーブルの上に地図を置いて説明すると、「分かりましたか？」といって、彼の顔をぐいっとにらんだ。

彼女の住所は、小学校の近くのアパートの一階だった。オレンジ色のベストを着て、買い物袋を両手に提《さ》げてきた六十代かと思われる女性から、

「寺井さんは、昼間はいませんよ」

といわれた。彼が淳子の部屋のドアをノックしようとしていたからだ。

「寺井さんは、お勤めなんですね？」

茶屋が訊くと、初老の女性は、淳子の勤務先を教えてくれた。そこは亀有駅のすぐ近くの不動産会社だった。

初老の女性に茶屋が礼をいうと、

「あなたは、なにをなさっている方なの？」

と訊かれた。

彼は、なんと答えていいかを迷った。

「ちょっと、ものを書いている者ですが、寺井さんにうかがいたいことがありましたので」

彼は、ペンを動かす手つきをした。

「教えておいていうのもなんですけど、素性《すじょう》の知れない人に、わたしが勤め先を教えたために、寺井さんが、取り返しのつかない目に遭ってしまっては、いけないので」

彼女は、両手の荷物をドアの前へ置いた。

茶屋は顎《あご》を引いてから、

「決して、怪しい者ではありません」

と、笑顔をつくった。

「自分のことを、怪しい者だなんていう人はめったにいません。あなたは、週刊誌の記者ですか？」

茶屋は首を横に振った。

「寺井さんに、どんなことを訊くつもりですの？」

「寺井さんのお知り合いの方のことを、ちょっと」

「あなたは、寺井さんが独身だから、訪ねてきたんでしょ。彼女とは、どこで知り合ったんですか？」

口調がちがってきた。目つきが鋭くなった。

「まだお会いしたことがありません。これからお話をうかがいにいくんです」

「会ったことはないが、住んでいるところを知っていた。どうして知ったの？」

「それは、あの、いや、知り合いの人から」

「あなた、女好きの顔してるから、寺井さんを見掛けて、いい女だったんで、そっとようすをうかがいにきたんでしょ」

からむような口調になった。

茶屋は一歩退いて、立ち去ろうとした。

「あなた、わたしが訊いたことに、ちゃんと答えられないんだから、やっぱり怪しい人間なのね」

彼女は、寺井淳子の勤務先の電話番号を知っているからといって、ケータイを取り出した。脅《おど》しのジェスチャーかと思ったら、会話をはじめた。ここは風変わりなご仁の住むアパートなのか。

初老の女性は、荷物をドアの前へ置いたまま、茶屋をそこに釘付けにするように全身を見ながら、彼の顔つきと、歳格好と、服装と、体格を相手に伝えた。

「知らない人でしょ？」

茶屋は彼女の耳に腕を伸ばした。古いタイプの白いケータイを受け取ると、氏名を告げた。相手は寺井淳子だと名乗った。

彼が用件をいうと、なぜなのか淳子は笑いながら、会社にいるので、おいでくださいと、気さくないいかたをした。

初老の女性のほうは、淳子があっさり会うと応えたのが気に入らないらしく、下唇を突き出してケータイをひったくるように受け取ると、

「あなた、人に好かれないでしょ。損な性分なのね」

といって、キツい目をした。

淳子は四十歳のはずだが、それが信じられないくらい若く見えた。茶色の髪は短めだ。グリーンの薄地のセーターの襟元に垂れているチェーンのトップはハート形の黒い石。身長は一六五センチぐらいだろうか。加納朝世も美形だが、淳子も美人の系列に数えられる目鼻立ちである。唇がぽってりと厚い点が官能的だ。いっそう若く見てほしいからか、頰を紅く塗っている。

事務所は十二、三人いそうな広さだ。淳子の後ろで、男が一人電話をしている。もう一人の男は、背中を丸くしてパソコン画面をにらみつけている。

「ここでお話しできることでしたら、どうぞ」

彼女は、赤い座布団ののっている椅子を指差した。どうやらそこは女性社員の席のようだが、茶屋はいわれるままに腰をおろした。

「茶屋次郎さんて、シンプルなお名前ですけど、本名なんですか?」

彼女は、茶屋が渡した名刺を持ったまま訊いた。

「よくいわれますが、本名です」

「週刊誌に載っている記事を、何回か読んだことがありますよ。いいお仕事ですね、楽そうだし、お金になりそうだし」

「見掛けほど楽な仕事ではありませんよ」

「そうですか。あっちこっちの観光地や、温泉へ取材にいけて、そこで見たことを記事にするだけなんでしょ。あんまり頭を使わなくてもよさそうじゃないですか」

彼女の言葉が気にさわったが、茶屋は自分の仕事の説明をしないことにした。

彼が、「金堀さんのこと」といいかけると、

「金堀の、どんなことをお知りになりたいんですか?」

と、彼女のほうからいった。

人柄を詳しく知りたいのだ、と茶屋はいった。

「人柄ですか……」

彼女はデスクに肘をつき、額に中指をあてた。爪を空色に染めている。

「元夫だった人のことを、悪くはいいたくありませんけど、金堀って、変わった男ですよ」

「ほう。どんなふうにですか？」

「一言でいいますとね、女の人をいっぱい知っていたい男なんです」

彼女は、楽しい話をするように目を細くした。目じりに二、三本、濃い筋ができた。

「いっぱい知っていたい？」

「そう、いっぱい」

「すみません。もう少し詳しくおっしゃってください」

「ヘンっていうか、深い男女関係じゃないんです。毎日、いえ、日に何回も、ちがった女性と一緒にいたいっていう人なんです。わたしは、病気じゃないかって、いってやったことがあります」

「奥さんのほかに、愛人がいるということとは……」

「そんなの普通じゃないですか。……金堀は、ご飯食べるときも、お酒を飲むときも女性と一緒にいたいんです。しかも決まった人じゃなくて、毎回ちがう人と一緒にいたいんです。いまはどうなのか分かりませんけど、わたしと夫婦だったころ、三十人ぐらいと付合ってましたね」

「そんなに大勢と、どんなふうに付合うんですか？」

「ですから、夕方になると、一緒に飲み食いできる相手を電話であたるんです。最初の電話でつかまることもあるし、五人も六人もに掛けなきゃならない日もあるんです。日曜に自宅にいても、夕方になると、それをはじめるんです」

「奥さんがいる前で？」

「ベランダに出たり、コソコソッと外へ出ていったりして」

「マメなんですね」

「気に入った女性に対しては、とっても。会社で輸入した食品やらサンプルを、あっちこっちの女に配るんです。女のよろこびそうな物を仕入れていたようですよ」

そういう金堀を、淳子は病気というが、出会った女性のそれぞれが気に入らないか、欠点が目につくので、次つぎに食指を動かすのではないのか。

金堀は、どういうところで、一緒に食事をするような女性と知り合うのか、と茶屋は訊いた。

「本人にいちいち訊いたわけではないので、よくは知りませんけど、たとえば取引先とか、飲みにいった店の子とか。あ、そうそう、デパートで買い物をしながら、そこの店員さんに声を掛けるということでした」

茶屋は彼女に、離婚原因を尋ねた。

「いま、お話ししたでしょ、わたしはいったいなになのって、何度思ったか。考えているうちバカバカしくなって、黙って出ていったんです」

金堀はいまもあなたに電話したりメールを送ったりしているようだが、というと、

「わたしはべつに、邪魔じゃないし、わずらわしくもないので、訊かれたことを答えているんです。わたしのあとに結婚した朝世さんも、同じように、妻でいるのがバカバカしくなって、別れたんじゃないでしょうか。……わたしは金堀と三年間、夫婦でいましたけど、一緒になって二年ぐらい経ったころ、彼にはほかに好きな女がいるんじゃないかって、疑うようになりました。彼には、好きになったけど思いをとげられなかった人がいる。彼にはマリアがいるんです。彼にとっては、なにもかもが最高な人が……」

彼女はそういって、音のするようなまばたきをした。

「金堀さんの、理想の人に、寺井さんが似ていらっしゃるか、いろんな点で、マリアに近かったのでは？」

「そうでしょうか」

彼女は組み合わせた手を顎にあてた。「朝世っていう人も、同じだったのかも。どう、茶屋さんは、朝世さんとわたしを見て、共通点とか、似ている面が？」

「お二人とも、きれいでいらっしゃいます」

淳子は、両手を頰にあてた。

彼女は、金堀が会社を閉鎖したことを知らなかった。金堀商事は、一時は好況だったの

で、彼は預金を持っているし、しばらくの間は困ることはないだろうという。

金堀は、友人と二人山行をしたが、友人が山中で死亡した。それを知っているかと訊いたところ、

「それ、最近のことですか？」

彼女は長い睫《まつげ》の顔を彼に向けた。

「お友だちが亡くなったのが、五月八日です。金堀さんは九日に下山、いや、山小屋に着いて、同行者の遭難を話しました」

茶屋は淳子に、糸島英俊を知っているかと訊いた。

「聞いたことがあったかもしれませんが、覚えていません。茶屋さんは、山で亡くなった人を、金堀の友だちとおっしゃいましたけど、わたしの知るかぎりでは金堀には、男性で友だちと呼べるような間柄の人はいませんでした。たいていの人には、なんでも相談できる友だちが一人か二人はいるものですが、彼の友だちは女ばかり。友だちといえるかどうか……。変わったことがあると彼は、わたしに電話かメールをよこすのに。……そんな大事なことを」

彼女は、瞳を回転させるように動かし、

「会社を閉じたことも、山での遭難のことも」

と、つぶやいた。

2

事務所では思いがけない人が、茶屋の帰りを待っていた。糸島英俊の妹の未砂である。

彼女は白っぽいジャケットとバッグを抱えて椅子を立つと、

「兄のことでは、いろいろとご心配をお掛けしました」

といって、頭をさげた。

彼女の目のあたりが英俊に似ていて、顎の細さは母親似である。栗色の髪は肩ぎりぎりのところで内側にカールしている。

彼女は、英俊の遭難現場のもようを、茶屋から詳しく聞きたいので訪ねたのだといった。

「詳しく知りたいというと、あなたは英俊さんの遭難に、なにか腑《ふ》に落ちないところがあるということなんですね?」

「はい。茶屋さんと三田村さんも、疑問をお持ちになったので、兄が亡くなったところへいっていらしたんではありませんか」

彼女は、少し早口でいった。

「ええ。登山日程に無理があったんじゃないかって思ったのが、疑問を持ったきっかけです」

「五月五日に出発して、六日の午後に常念小屋に着いて、泊まるという日程でしたね」

彼女は小首をかしげた。その表情を見て茶屋は、彼女は山を知っているのではないかと感じ、登山経験を尋ねた。

「常念には登ったことがありませんけど、北アルプスへは何度か」

「どこへ登りましたか？」

「最初は、登山のベテランに連れられて、西穂《にしほ》の独標《どっぴょう》へ登りました。もっと先へすすめそうな気がしましたけど、ベテランに、初登山はこの程度にしておけといわれて、山小屋へ引き返しました。次の年は、燕《つばくろ》、その次は北穂《きたほ》でした。北穂の山頂から常念や蝶を眺めて、今年の秋は常念へ登りたいと考えていました」

「英俊さんは、あなたが登山をしているのを知っていましたか？」

「話したことがありました。燕からの下りで、滝に打たれているみたいな激しい雨に遭って、恐い思いをしたのを話した覚えがあります」

「あなたは、英俊さんとは、たびたびお会いになっていましたか？」

「たびたびというほどではありません。去年はたしか二回会って、今年は一回も会っていませんでした。兄はたまに電話をよこしました。わたしが独りでいるのを、気にかけているようでした。わたしは、母からも、上の兄からも、なぜ結婚しないのかって、何回もいわれていました。三十をすぎたからです」

未砂は、茶屋の顔を見てそういってから、サヨコとハルマキのほうへ首をまわした。二人は手を休めて、彼女と茶屋の会話をじっと聞いているのだ。

「英俊さんは、あなたに登山経験があるのを知っていたのに、初めて山に登ることを話さなかった。登山するのを聞いていれば、あなたはなにかアドバイスができたでしょうね。たとえば、里は初夏の陽気でも、残雪のある山の朝晩は冬の寒さだとか」

「わたしは、九月の山しか知りませんので、残雪についてのアドバイスはできなかったと思います。でも、夜は冬のように寒いので、厚い下着や、セーターを持っていくようにぐらいは、いうことができたでしょう。それと、雨具が必要なことをいってあげたと思います」

糸島は、アイゼンを携行していなかった。二、三歩すすんでは、足を滑らせて地面に手をついたのではないだろうか。

茶屋は、テーブルに置いたコピー用紙に地図を描いた。横尾、蝶ヶ岳、蝶から常念岳への稜線。そして金堀と糸島が迷ったという一帯。糸島の最期の地点と一ノ俣谷を、点と線で結んだ。その地図に、先日、茶屋と三田村が往復したコースをブルーのペンで書き加えた。ブルーのペンの線は、山岳救助隊員が糸島の遺体確認と収容に往復したコースでもある。茶屋は、横尾山荘から糸島の最期の地点へは片道約三時間で着ける、と説明した。

未砂は、茶屋の話を小型ノートにメモした。

彼の描いた地図を、「いただいていきます」といって四つにたたんでバッグに入れた。

「会社には、わたしを山へ案内してくれたベテランがいますので、茶屋さんにおうかがいしたことを話します。また、お尋ねすることがあるかもしれませんので、よろしくお願いします」

未砂は、バッグを包むようにしたジャケットを抱えて頭を下げた。

サヨコとハルマキは、肩を並べて、「ご苦労さまでした」といった。

「可愛《かわい》い顔の人よね」

サヨコがハルマキにいった。

「可愛かった。行儀もいいしね」

「先生は、ああいう人、好きでしょ？」

サヨコは、パソコンの前へすわった。

「ガツガツ物を食って、大酒飲んで、次の日は声が出ないほど歌をうたう女よりはな」

「そんな女、いる？」

サヨコだ。

「わたし、知らない」

ハルマキは、帰り支度《じたく》をはじめた。

サヨコが、茶屋のデスクへプリントを置いた。

「鬼　怒　川

利根川《とねがわ》の支流で、源流は栃木、群馬の県境にある鬼怒沼《きぬぬま》山と物見《ものみ》山のあいだあたり。

鬼怒沼は、標高二〇〇〇メートルを超える日本最高位の湿原で、大小四十八もの沼があり、湿原性植物の群生地である。

流れは鬼怒沼を経てから深い渓谷となり、東へ流れ、川治《かわじ》温泉で男鹿《おじか》川を合流し、南に向きを変え今市の平野に出る。ここで日光中禅寺《ちゆうぜんじ》湖からの大谷《だいや》川を合わせて、急流が終わる。火山活動地帯を流れる関係で数多くの温泉郷、秘湯が分布している。それの代表が鬼怒川温泉で、ホテル、旅館などが二十四、五軒ある。上流山懐の加仁《かに》湯《ゆ》温泉や八丁《はっちょう》の湯など、ひなびたところを好むファンは少なくない。

平野部の茨城県守谷《もりや》市で利根川に合流。流域面積一七六〇平方キロ、流路延長一七七キロで、関東を代表する利根川最大の支川である」

「わたしが中学のとき、栃木県の奥のほうから転校してきたっていう女の子がいました。両親が温泉宿に勤めていて、毎日、温泉へ入っていたそうです。伴《ばん》っていう名字だったから、クラスの子たちに、『ばんばん』と呼ばれていました」

ハルマキが顔を天井に向けていった。

「その子の一家は、湯西川《ゆにしがわ》辺りにいたんじゃないかな」

茶屋は、ふっくらとして白い頰のハルマキのほうを向いた。

「伴の字は、半の下の一を上にすると、平になる」

茶屋がいうと、ハルマキは宙に指で字を書いた。

「ほんとだ」

「それに人偏がついて、平家の人。つまり昔、平家の落人《おちゅうど》となって、山奥へ隠れ住んだが、自分たちの出自を忘れまいとして名乗った姓だ。現在は合併して日光市になったが、鬼怒川も湯西川も、源流は旧栗山《くりやま》村だった」

ハルマキは、「ふぅーん」といったが、サヨコは茶屋がいったことをパソコンに打ち込んだようだ。

糸島冬美が電話をよこした。

茶屋にいわれたので、夫が登山に身に着けていった物を、あらためて見たが、山中で書いたものは入っていなかった、と彼女はいった。

「金堀さんは、登山経験がなかった糸島さんを、なんとかして山へ連れていこうとしたふしがあります」

茶屋は、新宿ゴールデン街のバー・にゃーごのママの話を冬美に伝えた。

「無理矢理ということは、ないと思います。山へいきたくなかったり、登る自信がなかったら、誘われても断わったはずです。山へ着ていく物や、持っていく物を買ってきたとき、糸島は楽しそうにそれをわたしたちに見せましたし、身に着けたりしていましたの で。……登山は未経験でしたので、不安もあって、金堀さんに山のようすを詳しく訊こうとしたのでしょう」

冬美は、いくぶん金堀の肩を持つようないいかたをした。

「先ほど未砂さんが、私の事務所へお見えになりました」

「未砂さんが。……どんな用事があったんでしょうか？」

冬美は、意外そうだった。

「未砂さんは、北アルプスにも何度か登ったことがあるそうです。それを英俊さんは知っているのに、初登山のことをいわなかったといっていました。それと、私たちが英俊さんの遭難に疑問を持っていることを知って、英俊さんと金堀さんが歩いたコースや、迷った場所などを聞きにおいでになったんです」

「わたしも登山の経験がないので分かりませんが、ほんとに糸島の遭難には疑問があるんですね？」

「あります、いくつも。……奥さんは金堀さんの人柄を、よくご存じですか？」

「よくは知りません。どこか、気になる点でもあるのでしょうか？」

「私は、もう少し金堀さんを知る必要があると思っています。分かったことがあったら、奥さんにはまたお話しします」

冬美は小さな声で、「よろしくお願いします」といって電話を切った。

茶屋はあす、鬼怒川取材に出発することにしたので、そのことを女性サンデーの牧村に電話で伝えた。

「何時の列車にしますか?」

牧村が訊いた。

「十時台のでいこうと思うが、なにか?」

「じゃ、私がご一緒します。新宿発十時台の列車のチケットは、こちらでご用意しましょう」

「あんたは、毎日、忙しい忙しいっていいながら、じつはやることがないんじゃないのか? だから、一緒に」

「茶屋先生が信用できないから、一緒にいくんですよ」

「信用できないとは……」

「最近の先生の頭のなかは、山で遭難した人のことでいっぱいなんです。鬼怒川へいくと事務所のおねえさんたちにはいっておいて、また梓川をさかのぼるかもしれない。ですから、私が」

茶屋は、勝手にしろ、といった。

牧村は過去に、茶屋の取材旅行についてきたことも、途中で割り込んできたこともある。彼は旅行好きだから茶屋の取材に同伴したがるのではない。夜毎、銀座や歌舞伎町で飲み食いしていることに飽きてきたのだ。たまには東京をはなれた土地で、そこの女性を相手に飲んだり、うたったりしてみたいのだ。もしかしたら彼は、毎日、自宅へ帰るのが嫌になったのではないか。くる日もくる日も、夜になると自宅へ帰り、次の日は会社へ出ていく。これの繰り返しに疑問を持ったということも考えられる。数時間、眠るためにだけほぼ一時間かけて自宅へいく。これを時間の浪費と考えたかもしれない。家族とは、必要なことが生じたときだけ会えばよくて、あとは自分のために、自由に時間を使うほうが有意義だと、はっと気づいたのではないか。

3

五月二十二日午前十時二十五分、茶屋は黒い旅行鞄を提げ、小型のショルダーバッグを掛けて新宿駅五番ホームに立った。昨夜の気象情報では、関東地方は朝のうち曇りだが、昼前から晴れるということだった。

ホームには鬼怒川温泉方面行き列車は入線していたが、車内清掃中だった。

ホームの中央で、足元に緑色の鞄を置いて大あくびをしている男がいた。ミカンのような色のジャケットを着ている。茶屋は、斜め後ろから近づいた。

「やあ、茶屋先生、ご苦労さまです」

牧村だ。朝の挨拶をしてから両腕を伸ばして、また大あくびをした。

列車のドアが開いた。ホームで待っていた人たちが乗り込むと七割がた座席は埋まった。さまざまな年齢のカップルもいるが、女性客のほうが多い。二十代と思われる五、六人、五十代に見える十人ほどの女性グループがいた。日光か鬼怒川沿いの温泉郷へいく人たちだ。旅行には最適なシーズンである。雑誌には観光地へ客を誘う記事と写真があふれている。牧村はそれを見ていて、この時季に旅行しないのはヘンな人間と思いはじめたので、茶屋に、早く取材に出発しろと催促《さいそく》したのではないのか。

「やあ、順調ですね」

列車が走りはじめて三分も経たないうちに牧村はいった。彼は中腰になって五、六人の若い女性グループのほうを見てから、声を出してあくびをした。

「あんたは、ゆうべ眠ってないいんじゃないの？」

「仕事を零《れい》時すぎに終えて、タクシーで家へ帰って、風呂に入ってから一杯飲んでたら、三時になっちゃいました」

車内販売のワゴンがやってきた。牧村は、サンドイッチとさきイカとビールを買った。朝食を摂っていなかったのだ。茶屋はコーヒーにした。

「先生は、朝飯を食べてきたんですか？」

「私は、取材にそなえて、しっかり睡眠をとり、朝もいつもどおりに起きて、食事をして……」

「ちゃんと食事をつくってくれる人がいるんですね？」

「独り暮らしだよ、ずっと。一切自分でやるんだ」

「あんまりきちんとしていると、女に好かれないですよ。どこか抜けたとこがあると、女はそこへ手を伸ばして、埋めてあげようとする。損な性分ですね、茶屋先生は」

最近、ほかのだれかからも、「損な性分」といわれたような気がする。

牧村は、サンドイッチを食べながらビールを飲んでいたが、さきイカを二本唇にはさんで、目を瞑った。睡魔に襲われたのだ。腕をだらりとさげ、上体を斜めにした。どちらかといえば派手な色のジャケットを着た男が、午前中から酔い潰れたように眠っている姿は、ぶざまである。

牧村の顔を何年も見てきたが、幼児のように寝ついて斜めになった顔を茶屋はあらためて見つめた。男にしては色白のほうだ。髪はいくらかちぢれ気味。薄い眉は八の字で目は細い。鼻は押し潰されたようなかたちをしていて、鼻の孔《あな》は三角形。唇と皮膚《ひふ》の境界が不明瞭《めいりよう》。その唇が割れて、行儀の悪い並びかたをしている歯がのぞいた。

大宮《おおみや》で、座席はほぼ埋まりきった。二十代の女性グループは眠ったのか、静かになった。五十代の女性グループはさかんに話し合っている。一人が喋《しゃべ》るのでなく、何人かが同時に話しては笑っているので、茶屋の耳では、なにをいっているのか聞き取れない。彼女らはただお喋りをしているのでなく、紙袋やポリ袋のなかに手を入れ、煎餅《せんべい》か豆菓子をしきりに食べているのである。世間の基準でいうと全員主婦の年齢だ。家を出る前に、家族と朝食を摂ってきたのだろう。このまま何事も起こらず列車がすすめば、目的地の鬼怒川温泉か日光に着くとちょうど昼どきになる。彼女らは駅の近くでレストランを見つけそうだ。そこでもお喋りはつづけるだろう。話が尽きないうちに夕暮れが訪れてしまいそうな気がする。

下今市《しもいまいち》に着いた。三分の一ほどの乗客が降りた。日光行に乗り換えるのだろう。

車内のざわめきを感じ取ったのか、牧村は目を開けると同時に立ちあがって、網棚のバッグに腕を伸ばした。が、目的地の駅ではなかったと気づくと、落ちるように腰掛けた。

「おっ、山が見えますね。あ、山が近くに」

牧村は、どこへ向かう列車に乗っているのか、なんのために茶屋と一緒なのか分からず、頭のなかは混乱しているようだ。いままで歌舞伎町のクラブで、あざみの手をにぎって飲んでいる夢を見ていたのではないか。

乗客が一斉に、荷物を持ちはじめた。

「先生。鬼怒川温泉ですよ。ここで降りるんですよ。しっかりしてください」

牧村は立ちあがると、茶屋のバッグを下ろした。茶屋が眠り込んでいるとでも思ったようだ。

彼は網棚の荷物を下ろしたが、よろけて座席の背につかまった。完全に目覚《めざ》めていないのだ。

駅前の広場はタイル張りだ。バスが何台もとまっている。そのなかには［日光江戸村行］というのもあった。

「あれは、なんでしょう？」

牧村は、駅前広場の中央に立つ黄金色のブロンズ像を指差した。二人はそれに近寄った。

鬼だった。トゲトゲした太い棒を立てて恐い顔をしている。名は鬼怒太《きぬた》。

駅前に大型ホテルが並んで客を待ちかまえていた。

「あっという間でしたね」

牧村は白い雲の浮かぶ空を仰いだ。ようやく目が覚めたようだ。

二人は、手荷物をホテルにあずけて、鬼怒川に沿う温泉街を散策することにした。

昼食を摂ろう、と茶屋がいうと、牧村は、

「もうメシですか？」

といった。彼は眠る前にサンドイッチを食べ、ビールを飲んだので、脳も胃袋も食事どきになっていないのだ。学生時代からか、女性サンデーを出している「衆殿社《しゅうでんしゃ》」に就職してからか、日に三度三度食事をする習慣がないのだろう。それとも牧村家は何代も前から、朝食代わりに酒を飲み、昼食を摂るならわしがなかったのか。

茶屋は、「そば・うどん」の看板を見つけ、そこへ一直線に歩いた。店内には、日に三食の習慣が身についているらしい客が何組も入っていた。

茶屋は、きのこそばを頼んだが、牧村はメニューをにらんでいた。これから食べる物によっては夜の酒の味が異なるとでも考えているのだろう。

茶屋がオーダーしたきのこそばが出来てから、牧村はきつねうどんを注文した。考えたり迷ったわりには平凡だ、と思っていたら、漬け物を追加した。酒をもらって、つまみにするのかと思ったが、そうではなかった。

きつねうどんよりも先に漬け物が出てきた。だいこんと、かぶと、にんじんの浅漬けの横に、なにやら黒っぽいかたまりのような物が盛られていた。

牧村は、箸《はし》の先でかたまりを崩してから口へ運んだ。舌を鳴らして食べ、「旨い」といった。

牧村の顔を見て、茶屋は黒っぽい漬け物に箸を伸ばした。日光みそのたまりで漬けたふきの薹《とう》だ。

「これは、旨いね」

「でしょ。一本もらいましょうか」

「いや。夕飯の楽しみにする」

牧村は、湯葉のたまり漬けもいけるといった。

鬼怒川左岸には、元湯《もとゆ》通りが鬼怒川公園駅までつづいていて、沿道にホテルが何軒も建っているが、茶屋と牧村は、深い川をのぞいてから、遊歩道へ下りた。折からライン下りの舟が下ってきて、若い乗客が手を振った。青い法被《はっぴ》姿の船頭が前後にいて、河岸の風景を説明していた。

温泉地によっては、建物や道が川面に近いところがあるが、この鬼怒川温泉は谷川の名にふさわしく、岩にはさまれて川は深い。したがって、宿の窓辺で眺める川の風景はさぞやと思われる。

「ふれあい橋」の中央に立って、上流と下流を眺めた。岸辺は、サクラとカエデの疎林《そりん》だ。花盛りのころと、紅葉の季節にあらためて訪ねたくなった。

東京電力・竹之沢《たけのさわ》発電所があった。見あげると山の緑の急斜面を赤い鉄管が這っている。

色とりどりのリュックを背負った女性の四人連れが通った。女性サンデーを読んでいそうな年齢の人たちだ。カップルが何組もいる。「くろがね橋」から川を見下ろして声をあげている若い女性がいた。

くろがね橋の近くには、廃業したものと思われるホテルが建っていた。勿論だが内部は真っ暗だ。ガラスはすすけて、荒廃《こうはい》がすすんでいる。建物の横に細い通路があって、そこにはクモが巣を張っていた。

「いい場所だと思うけど、どんな事情があって廃業したんでしょうね」

牧村は、すすけたガラスに近寄って、なかをのぞいた。と、細い階段のある通路から少年が飛び出てきた。出てきた少年は、後ろを振り返って声を掛けた。友だちがいるらしい。

青と黄色のTシャツの男の子が通路を出てきた。どうやらこの廃墟《はいきょ》は、少年たちの遊び場になっているようだ。

対岸には、十階から十二、三階建ての大ホテルが並んでいる。川岸にプールをそなえたホテルもある。

茶屋たちは滝見橋《たきみ》から下流を向いた。大型ホテルがぎっしり並んでいるのは、右岸のようだ。

左岸は河岸に山がせまっているので、平地がせまい。それに比べると右岸と山のあいだが広い。この地形が建物を大きくし、広い駐車場を持つことができるのだろう。右岸側にはロープウェイがあって、標高七〇〇メートルの丸山《まるやま》山頂から荒あらしくて美しい鬼怒川を見下ろすことができる。

鬼怒川公園駅に着いた。そこの山側は、岩風呂や野外ステージや児童館などもある大公園だ。公園内を歩いてみると、奥のほうに小学校が見えた。

「日光人形の美術館」の脇を通って鬼怒岩橋《きぬいわ》の真んなかから上流を眺めた。灰色の岩がせり出している渓流だ。岩のあいだを縫《ぬ》っている流れは泡立ってもいるし、しぶきをあげてもいた。渓流の名を入れたホテルが見えた。下流は、川が蛇行して林のなかへ吸い込まれている。青い芽を吹いた林の先には白いホテルが威容をほこっていた。

じっと見下ろしていると木のあいだに人の姿が小さく見えた。遊歩道があって河岸の岩場へおりることができるようだ。

「いいところですね、茶屋先生。暑い日は渓流が見える窓辺で、冷たいビールを飲《や》りたいもんですね」

「まったくだ。女性サンデーに名川シリーズを書かせてもらっているおかげで、このような絶景に出合える。ありがたいことだ」

「ほう。珍しく謙虚《けんきょ》なことをいいましたが、まさか、ここから身を投げたくなったんじゃないでしょうね」

「あと三十分も眺めているうち、そういう気分になるかもしれない」

「やめてください、茶屋先生。深い谷に飛び込むのは、ほかの人と一緒のときにしてくれませんか」

右岸の滝見通りをそろそろ歩いて、小さな公園に立った。案内板によると滝が見えるとなっているが、枝葉を伸ばしはじめた樹木にさえぎられているようだ。吊り橋の滝見橋には若いカップルがいて、カメラを向け合っていた。

花の町という一角もあって、スナックが何軒か目に入った。

ホテルのあいだに埋まるようにして［素泊まり　休憩］という看板を出した小さな家があった。

「先生はたまに、ああいうところへ泊まってみるのも、経験のひとつですよ」

茶屋は、牧村をひとにらみして小さな公園を通り抜けた。

ふれあい橋の右岸に着いたところで、茶屋はポケットに手を入れた。ノートを取り出して、金堀文貴の出生地を確かめようとしたのである。

と、そこへ電話が入った。山岳救助隊員の伏見からだ。糸島の遭難に関して、新たな事実でも判明したような気がした。

4

茶屋の勘はあたっていた。

一昨日、伏見は同僚隊員二人をともなって、糸島英俊が遺体で発見された現場へ再度登ったのだという。

「槍沢は、雪解け水が盛りあがるように流れていました」

伏見はそういってから、糸島が死亡していた地点の近くで、クッキーが四つ入ったポリ袋を見つけて、持ち帰ったといった。雪解けがすすみ、埋まっているものが雪面にあらわれる時季である。

「伏見さん。そのクッキーは、重要じゃないでしょうか」

茶屋がいった。クッキーは、糸島が食べ残したものの可能性があると思ったのだ。

糸島の死因は、疲労凍死。彼の胃中には食べた物が残留していた。遺体を解剖検査した結果、食物を摂っていたわりには衰弱が激しいということだったので、その点にも茶屋は疑問を抱いている。

伏見は、山中で発見したクッキーの成分分析を科捜研に依頼したといった。

「それから」

伏見にはべつの情報があるようだ。「糸島さんの友だちという女性が、私に会いに上高地へきました」

「伏見さんに会いにいったということは、糸島さんの遭難について、知りたいことがあったんですね、その人は?」

「その人は、疑問を持っているとはいいませんでしたが、どこで、どのような亡くなりかたをしていたのかを、熱心に訊きました」

「糸島さんとはどういう間柄の人でしたか？」

「何年か前まで、糸島さんと同じ会社に勤めていたといっていました」

「その女性の住所を、お訊きになったでしょうね？」

「栃木県日光市です」

伏見は、その女性の氏名と住所を書いたものを手に取ったようだった。

住所・日光市鬼怒川温泉藤原《ふじはら》
氏名・富坂加奈子《とみさかかなこ》
偶然だが、現在、鬼怒川に沿って温泉街を歩いていたところだ、と茶屋はいった。

「富坂さんには、茶屋さんと三田村さんが、糸島さんが亡くなったところへおいでになったことも、私たちが、クッキーの入った袋を拾ってきたことも話しました」

茶屋は、ケータイを耳と肩にはさんで、伏見がいったことをメモした。

電話を終えると、牧村は茶屋の視界から消えていた。

道路沿いにラーメン屋があったので、そこで藤原というのはどの辺なのかを訊いた。

赤いバンダナの主人は、温泉街の北端で、鬼怒岩橋を渡った辺りだと教えてくれた。

茶屋は、富坂加奈子に会ってみることにして、やってきた道を引き返した。

牧村はどこへいったのか、道路へ出てこない。最近は、ケータイが通じるかぎり迷い子になることはない。

仲町《なか》から滝見通りに出たところで、急に路地からあらわれた牧村に出会った。どこへいっていたのかと訊くと、牧村は行儀の悪い並びかたをしている歯を見せた。いいスナックを見つけてきたのだという。こんな日中に、いい店かどうかが分かったのかと訊くと、

「自宅のつづきが店なんです。ちょっといい娘《こ》の顔が見えたんで声を掛けたら、夕方六時に店を開けるから、どうぞって」

「そういうことは目敏《めざと》いんだね、あんたは」

「私はですね、先生の後ろをくっついてただ歩いてるだけじゃないんです。夜は夜で楽しみがあるようにと、目を配っているんです。……色白の細面で、東京でもめったにお目にかかれないような、ほんのりと色気のある、二十六、七といったところでしょうか」

「あんたはホテルへもどって、温泉に浸かって、寝不足を癒《いや》していたらどうだ」

「先生は？」

「会いたい人がいる。山岳救助隊員からの情報が」

富坂加奈子という人のことを話すと、牧村は一緒にいくといった。

さっき渓流を見下ろした橋を渡り返した。そこが藤原という地区で、庭園を囲むホテルがあった。その一角を越えたところの民家で富坂という家の所在を尋ねようとしたら、路地の入口に制服警官が立っていた。路地の奥を見ると警官は一人や二人ではなかったし、

あわただしく路地を出入りしている人もいた。道路の端には、ナンバーで警察のものと分かる車が何台もとまっていた。カメラをたすき掛けにした男が、路地を出てきて灰色の車に乗ろうとした。

「なにがあったんですか?」

茶屋は、カメラの男に訊いた。

「そこの川で、女性が死体で。この奥がその女性の自宅です」

そこの川とは鬼怒川のことだ。死亡した女性の自宅が目と鼻の先。茶屋と牧村は顔を見合わせた。自殺なのか。

死亡した女性は何歳なのかを、カメラの男に訊くと、「あなたは?」と訊き返された。

茶屋と牧村は、名刺を渡した。カメラを持った男は日光毎報社《にっこうまいほうしゃ》のカメラマンだった。

路地から新聞社の記者が出てきた。記者は茶屋と牧村に、車に乗ってくれといった。記者は、川で遺体になって発見された女性の名をいった。それを聞いた茶屋と牧村は、同時に驚きの声をあげた。富坂加奈子、三十歳だった。

茶屋が、浜田《はまだ》という体格のいい記者に、富坂加奈子を訪ねようとした経緯を話しかけたが、彼女の名が北アルプスの山岳救助隊員から出たのはいわないことにした。それをいえば、糸島英俊の遭難を話すことになる。糸島の同行者の金堀文貴にも話がおよぶ。マスコミ関係者にそれを話せば、面白いネタだといって飛びつき、彼らが取材に走りまわり、記事にするかもしれない。面白いネタの話は、茶屋が女性サンデーに書くのである。

「知り合いに、鬼怒川の取材にいくといったら、地元の人だといって富坂さんを紹介されたんです。それで訪ねるつもりで」

茶屋は、つくり話をした。「浜田さんは、富坂さんの職業をご存じでしょうね？」

「さっき刑事から聞きましたが、地元のスナックに勤めていたらしいということです」

浜田が刑事から聞いたことによると、富坂加奈子は昨夜、帰宅しなかった。母親が、いつもの時間に帰宅しない彼女を心配して、店へ電話した。すると三十分以上前に帰ったと店のママにいわれた。それが深夜の零時すぎだった。夜が明けたが、彼女は帰ってこなかった。何度もケータイに掛けたが通じなかった。母親は一睡もできず、娘からの連絡と帰宅を待ちつづけていた。

午後二時五十分、鬼怒川対岸のホテルの従業員が、川の岩場にからんで浮いていた人間を見つけて、一一〇番通報した。警察は消防署へ連絡した。

通報どおり、上下とも衣服を着けている人が、川のなかの岩のあいだにからむような格好で浮いていた。茶色の髪の女性だった。すでに死亡していることが分かった。川から引き揚《あ》げられた遺体を見た付近の人が、「富坂さんの娘さんじゃないか」といったことから、加奈子の母親が呼ばれて、対面した。

浜田が知っているのはそこまでだった。

浜田は口を閉じると、三、四分のあいだスマートフォンを操作していたが、助手席から上半身をひねると、

「茶屋次郎さんて、旅行作家で、いくつもの新聞や雑誌に紀行文を。……それから、紀《き》の川《かわ》、京都・保津川《ほづがわ》、京都・鴨川《かもがわ》、あっ、名川シリーズといって、いっぱい……」

彼の声は大きくなった。ハンドルに手を掛けていたカメラマンも後ろを向いた。

「名川シリーズのタイトルには、『殺人事件』がついています。なぜ、日本の有名な川に殺人事件のタイトルがつくんですか？」

浜田もカメラマンも、茶屋が書いた名川シリーズを読んだことがないのだ。

浜田は元の姿勢にもどって、スマホをにらんだ。

「茶屋次郎が行く先ざきで起きる、奇妙な事件……」

浜田は、本の帯に書いてある［再会直前、美女は殺されていた］［茶屋次郎、またも怪事件に遭遇］といったコピーを読んでは、上半身を後ろへひねった。茶屋に並んでいる牧村の表情も観察した。どうやら浜田記者は、関東の名川である鬼怒川へ、取材と称してやってきた作家と週刊誌の編集長を、うさん臭い人間とみたようだ。二人はいままで、鬼怒川の岸辺で、なにをしていたのか、その行動に関心を寄せ、同時に疑惑を抱いたようである。

「女性サンデーの現在の発行部数は、どれくらいですか？」

浜田は急に経済部の記者になったようなことを牧村に訊いた。

「発行は五十万部で、女性向け週刊誌では第二位です」

「ほう」

浜田は前を向いてうなずくと、タバコに火をつけた。たちまち車内が曇った。

浜田は、暑苦しいほど濃い髪に指を立てて掻《か》いた。メモを見て黙っている。——女性サンデーは売りあげを伸ばすための企画に、茶屋次郎に各地の代表的河川を探訪させる。探訪というのは建てまえで、ひそかに事件を起こさせる。それを知らずに訪れた彼は驚き、事件関係者の体様を誇張《こちょう》ぎみに書いている——というような想像をはたらかせているようにみえた。

「お二人は、きょうは、鬼怒川温泉へお泊まりでしょうね？」

浜田が訊いた。

牧村がうなずいた。

「宿は、決まっていますか？」

「銀屋《ぎんや》ホテルです」

浜田はメモした。

「富坂加奈子さんの遺体は、今市署ですか？」

茶屋が浜田に訊いた。

「いったん今市署へ運ばれましたが、解剖のために宇都宮《うつのみや》市の大学へ移されると思います。そういうことも、茶屋さんはお書きになるんですね？」

茶屋は返事をせず、牧村の肩をつついた。

二人は車を降りた。茶屋は、パトカーがとまっている路地の入口を撮影した。鬼怒岩橋の上から、遺体が発見された渓流に洗われている岩場もカメラに収めた。

5

茶屋と牧村は、タオルを頭にのせて、ぬるい露天風呂に首まで浸かった。

「地元の人が、過って川に落ちたとしか考えられませんね」

牧村は、歌でもうたうのかと思っていたが、富坂加奈子の椿事《ちんじ》を考えていたようだ。

「しかも自宅のすぐ近くで」

茶屋は、岩のあいだからチョロチョロ流れ込んでいる一筋の湯を見ている。露天風呂は細竹で囲われていた。小さな若葉をびっしりとつけたカエデが何本も頭の上に枝を伸ばしている。星をいくつか数えたところで、湯をあがった。

レストランの席の半分ほどで宿泊客が箸を動かしていた。

ほのかにリンゴの香りのする食前酒を飲むと、牧村が白ワインをオーダーした。和服の女性がメニューを開いた。牧村はワインに通じているし、飲みながら講釈をいうこともある。

茶屋はディナーの客を見まわしたが、朝の列車に乗っていた女性グループはいなかった。五十代か六十代のカップルがほとんどで、余裕のありそうな地味な色の服装の人が多い。そのなかで牧村のジャケットの色はきわ立っている。さっき訊いたが、自分の見立てだといった。

料理は、デザートまで入れて九種。美味だったのは「白魚とエビ新丈《しんじょ》の竹紙昆布《こんぶ》巻き」と「栃木和牛と地野菜蒸ししゃぶ」だった。「焼きおにぎり茶漬け」には、日光たまり漬けが添えられていた。

牧村は部屋にもどっておとなしく寝るか、風呂に入り直すはずがなかろうと思っていたとおりで、昼間見つけてきたスナックへくり出そうと、茶屋を誘った。

茶屋は断わろうとしたが、思いついたことがあって、牧村の後についていくことにした。

花の町のスナックは「とちの実」という紫色のネオン看板を出していた。

「いらっしゃい、牧村さん。ほんとにきてくださったのね」

牧村のジャケットと同じような色のダボダボのシャツを着た女性は、両手を広げて牧村に抱きついた。

「私は、嘘をいったこともないし、だれとの約束も破ったことがない」

牧村は、この店の常連のようにカウンターに両肘をついた。

「そうなんですか。珍しい方ですね」

昼間、牧村がベタぼめした女性は、

「わたし、ちいこです」

といった。どういう字を書くのかと茶屋が訊くと「千依子《ちいこ》」と、広告の裏へうまい字を書いた。

牧村が、茶屋の職業と、いままで女性サンデーに連載してきた名川シリーズをざっと説明した。

「作家の人に、わたし初めて会いました。なんて呼んだらいいんですか?」

千依子は二十六、七歳だろうが、小学生のような話しかたをする。

「先生って呼んであげると、喉を鳴らしてよろこぶ」

「猫と同じなんですね、先生は」

彼女は、小びんのビールの栓を音をさせて抜いた。自分のグラスにも注いだ。三人は乾杯した。

牧村は一気に飲み干すと、彼女に、もっと飲みなさいとすすめた。昼と夜では、別人のようになる男である。

ピンクのカーテンが揺れて、紫色の髪をした肉づきのいい女性が出てきた。「ママなの」

千依子がいった。彼女の母親だという。五十歳見当だ。二人は目もとが似ていた。

昼間、鬼怒岩橋の近くで、女性が遺体で見つかったが、と茶屋が水を向けると、

「さっき近所の人から聞きました」

ママがいった。

「富坂加奈子という人だそうです」

「まあ、お二人とも地獄耳ですこと、名前まで」

ママも千依子も、加奈子を知っていたという。

「親しいっていうほどじゃないけど、きれいだし、頭のよさそうな人でしたよ」

ママと千依子は、加奈子が働いていたスナックを知っていた。鬼怒川右岸に近い舞妓坂《まいこざか》の「エトワール」という店だという。

「私は、その店へいってみる。あんたはここで飲んでいれば」

茶屋は牧村にいって、腰を浮かせた。

小さな声でいったつもりだが、茶屋の言葉は千依子の耳に入った。

「わたしが、連れてってあげるよ」

「じゃ、私も」

牧村は立ちあがった。

ママは、頬をふくらませて千依子の背中をにらんだ。


白い大型ホテルが見えるゆるい坂を下った。

エトワールはピンクの地に金色の星を描いたネオン看板を出していた。店内はとちの実よりずっと広くて、女性が三人いた。鼻が高くて、顎のとがった人がママだった。

顔見知りらしい千依子が、茶屋と牧村を紹介した。千依子が客を連れてきてくれたからか、四十代半ばのママは笑みを満面に広げた。千依子の店は満席だと思ったのだろうか。

千依子がママに耳打ちした。茶屋たちはママに訊きたいことがあってきたのだ、といったらしい。ママはうなずくと、奥のボックス席を指差した。客はカウンターに二人いるだけ。服装から見て地元の人たちのようだ。

牧村が、富坂加奈子の災難を切り出した。

「昼間、警察からの電話で、加奈ちゃんのことを聞いて、腰を抜かしました」

ママは、加奈子の家へいって母親に会ったし、加奈子が川から引き揚げられるのを見たといった。

「さっきまで警察の方がきていて、いろんなことを訊かれました」

ママは、とがった顎に拳をあてた。

彼女の話で、加奈子は母親と二人暮らしだったことが分かった。母親は、加奈子が中学のときに離婚した。その後、現在は閉鎖されている［鬼楽荘《きらくそう》ホテル］に勤めていた。住まいは鬼楽荘ホテルの従業員宿舎だったところ。ホテルから借りてそのまま住みつづけているのだという。

加奈子は、高校卒業後、東明舎今市工場に勤務していたが、人員削減策の対象になって、二年前に退職。その後、鬼楽荘ホテルにアルバイトとして勤め、夜はエトワールでホステスとして働いていたのだという。

「顔立ちもいいし、行儀もいいし、よく気のつく人でした。写真を見せましょうね」

ママはカウンターをくぐっていって、厚い表紙のアルバムを持ってきた。

去年の桜の花見と、鬼怒川の紅葉の下での写真だった。加奈子は両方とも白いシャツにジーパン姿。丸顔で、笑っているからか細い目をしている。清楚《せいそ》な印象を受ける顔立ちである。

「加奈子さんは、先日、上高地へいっていますが、それをご存じですか？」

茶屋がママに訊いた。

「えっ、上高地へ。じゃ、日曜にいってきたのかしら」

だれかと一緒だったのかと、ママはつぶやいた。

「独りだったようです。彼女は、上高地の山岳救助隊を訪ねています」

ママは、加奈子の行動に疑問を持ったのか、眉を寄せて首をかしげた。

茶屋は、昨夜の加奈子のようすを訊いた。

「いつもと同じで、夕方六時半にきて、十一時半に帰りました。ほかの子も、加奈ちゃんにつづいて帰りました。お客さんが一人いたので、わたしがお相手を」

ゆうべは、加奈子の知り合いの客はこなかったという。

ママは茶屋に、加奈子の上高地行きの目的を知っているのかと訊いた。

「ママは、東明舎に勤めていた、糸島英俊さんを知っていますか？」

「知りません。うちの店へ東明舎にお勤めの方が見えたことはありません」

「金堀文貴さんを知っていますか？」

「ああ、金堀さんなら前から知っています。二、三年前にお見えになったきりですけど。東京で商事会社を経営なさっているというお話でした。茶屋さんは、金堀さんのお知り合いなんですか？」

茶屋は、糸島の遭難と金堀を知った経緯を話した。

「糸島さんという方はお亡くなりになった。……金堀さんは、山で怪我でも？」

「金堀さんは、無傷です」

「登山経験のない方と一緒に登って、初めての方が亡くなってしまった。金堀さん、辛い思いをしているでしょうね」

ママは、金堀に同情するようないいかたをした。

金堀とは、どういう知り合いなのかと訊くと、彼は鬼怒川温泉の出身だし、外国から仕入れた食品を何軒かのホテルに納めているという話を聞いていた。親戚《しんせき》やら知り合いもいるので、以前はたびたび鬼怒川温泉へやってきたし、ママがこの店を開いたばかりのころ、何度か飲みにきたという。

「加奈子さんと金堀さんは、知り合いだったでしょうか？」

「さあ。彼女から金堀さんのことを聞いた覚えはありません」
二、三年前に金堀が飲みにきたとき、加奈子はまだここへ勤めていなかったという。
茶屋とママの会話を聞いていた牧村だが、急に睡魔がおおいかぶさったのか、ソファの背に片肘をのせて眠っていた。ところが、片方の手は千依子の手をにぎっていた。彼はたぶん、歌舞伎町のチャーチルにいるつもりなのだろう。横にいるのがあざみに見えてきたにちがいない。彼に片方の手をにぎられている千依子は、自分のグラスにウイスキーを注ぎ足して飲んでいる。茶屋と牧村のグラスの酒よりもずっと濃くして飲んでいる。

カウンターの客が古い演歌をうたいはじめた。ママは、冷たい風が吹き込んできそうな、がらんとした店内を見まわすと、苦いものを嚙んだような顔をした。

加奈子の死因によっては、ママはあしたも、刑事の訪問を受けることだろう。

四章　忍者と花魁《おいらん》

1

茶屋は朝食を八時半にすませた。

牧村は、彼より十分ばかり遅れてレストランへきたが、昨夜の酒と眠気が頭を去らないのか、トマトジュースを注いだグラスをテーブルに置いて、対岸の木立ちを眺めるような目をしたまま動かなくなった。

茶屋は朝刊を持って、ラウンジのソファにすわろうとした。と、黒い影が近づいてきて、

「茶屋次郎さんですね？」

と、ざらつきのある擦過音《さっか》のような声が訊いた。

紺とグレーのスーツの男が、一歩近寄った。

二人は今市警察署の刑事で、赤岩《あかいわ》と黒沼《くろぬま》だと名乗った。

三人は、畳一枚ぐらいの大きさの油絵の下の席へ移動した。

二人の刑事は、富坂加奈子の変死について茶屋に会いにきたのにちがいなかった。

「いいホテルにお泊まりなんですね」

片方の目尻だけが吊りあがっている赤岩刑事がいった。

「食事は、東京でもめったに食べられないほどの一級の味です。お風呂は、二時間浸かっていても飽きないぐらいで、浅くてぬるい露天風呂が特にいい。刑事さんも、ご覧になっていかれたらどうですか」

二人の刑事は、茶屋の顔をにらんで返事をしなかった。黒沼刑事の顎には刃物を受けたような傷跡がある。

「きのう鬼怒川で見つかった富坂加奈子さんについて、私がなにかを知っているんじゃないかと思われたんですね？」

茶屋はそういって、二人をにらみ返した。

「あなたのことを、調べにきたんです」

四十代半ばの赤岩がいった。

「私のなにを？」

「ここへは、いつ、なにをしにきたんですか？」

「着いたのは、きのうの昼です」

茶屋は、女性サンデーの編集長とともに、鬼怒川探訪にきたのだと答えた。

「鬼怒川温泉へ着いたのは、きのうの昼ではなく、おとといの夜じゃないんですか？」

「きのうです。私の事務所には秘書がいますから、訊いてもらえば分かります」

「訊きましたよ。そうしたら、おとといの夜、出発したかもしれないと、エバラという女性が答えました」

サヨコだ。

茶屋とサヨコは、おとといの夕方に会ったきりだ。それ以降、サヨコは茶屋の姿を見ていないのだから、取材旅行に出発したのは、おとといだったのかきのうだったかは不明、というのはむしろ正確な答えである。普通の従業員なら、主人のスケジュールを知っているので、「きのうの朝、出発したはずです」と答えただろう。

「富坂加奈子さんの住所も、勤め先も、帰宅時間も知っていたあなたは、一昨夜、彼女の帰りを尾《つ》けたんじゃないですか？」

「私は、彼女の住所や、勤め先を知りませんでしたよ」

「隠してもダメです。あなたはきのうの午後、彼女の自宅のようすをそっとうかがいにいったじゃないですか。彼女がどうなったかが不安になったんで、確かめにいったんでしょ？」

赤岩は瞳を光らせた。

「彼女がどうなったとは、どういう意味ですか？」

「これまで彼女とは接触がなかった。だから川へ突き落としても、彼女の背後関係からあなたが浮上してくることはない。突き落とすことはできたが、深夜のことでもあるし、彼女がどうなったかが分からなかった。それで、そっと見にいったところを、新聞記者につかまってしまった」

「勝手な想像を。……私には同行者がいる」

「同行者に確かめろっていうんでしょうが、同行者の証言は信用できません。あなたと口裏を合わせているでしょうからね」

「私が、富坂さんの名と住所を知ったのは、きのうの午後四時ごろです。それまでは、まったく知らない人だった」

彼女の名をどこで知ったのかを、赤岩が訊いたので、北アルプスの山岳救助隊員に聞いたのだと、救助隊員の一人が電話をくれた経緯を、かいつまんで話した。

二人の刑事は、黙って茶屋の話を黒表紙のノートに控えていた。

「富坂さんが、わざわざ上高地の山岳救助隊を訪ねた目的を、詳しく話してくれませんか」

赤岩が、ノートから顔をあげた。

「登山中に亡くなった糸島英俊さんについて、遺体を収容した隊員に、亡くなっていた場所などの話を聞きにいったんです」

「彼女は、なんの意図があって、山で亡くなった人のことを、訊きにいったんですか?」

「そんなこと、私は知りません。富坂さんとは会ったこともなかったんですから」

ホテルの女性スタッフがやってきた。

「お茶かコーヒーを、お持ちいたしましょうか?」

と、姿勢を低くして茶屋に訊いた。

「ありがとう。私はコーヒーを」

赤岩と黒沼は、顔を見合わせてから茶屋にならった。

牧村が、レストランから出てきた。茶屋の姿を認めたからか、一瞬、立ちどまったが、素知らぬふりをして通りすぎた。

牧村には、茶屋と向かい合っている二人の男が刑事だと分かったのだろう。彼は刑事にものを訊かれたくないにちがいない。だが赤岩と黒沼は、茶屋の同行者に会いたいというかもしれなかった。

「おととい、富坂さんは、いつもどおりに午後十一時半に店を出たそうですが、どこで川へ落ちたのか分かりましたか?」

今度は茶屋が刑事に訊いた。

すね？」

「富坂さんがいつも通り、十一時半に店を出るのを、茶屋さんはやっぱり知っていたんで

赤岩は上体を乗り出すようにした。

「彼女が勤めていた店で、聞いたんですよ」

「店で。……いつ？」

「ゆうべです」

「あなたはゆうべ、エトワールへいったんですか？」

「いきました。酒を飲みました。ママに会いました」

「富坂さんが、エトワールに勤めていたことを、知っていたからいったんですね？」

「他所《よそ》で聞いたんです」

「死んだ人が勤めていた店へいった理由は、なんですか？」

「地元の人が、深夜とはいえ、慣れた道を自宅へ向かっていた。その人が次の日、自宅近くの川で遺体で見つかった。店と自宅の間で、なにかが起こったにちがいないじゃないですか。それを知りたいので、エトワールへいったんです。そんなこと、訊かなくてもお分かりになるでしょ」

コーヒーがワゴンで運ばれてきた。スタッフの女性は膝を折って、音をたてないように、三人の前へそっと白いカップを置いた。

「普通、バーやスナックへ飲みにいくのは、娯楽ですが、茶屋さんの目的はそうじゃなかった。つまり富坂加奈子さんの死亡に対して強い関心を持った。酒を飲みにいったんじゃなくて、彼女の身辺を知りたくていった」

「そのとおりです」

「茶屋さんは、富坂さんの死亡に、異常な関心を持っているようですが、それはなぜ?」

赤岩は、湯気が立ちのぼっているコーヒーカップを見ながらいった。

茶屋は、富坂加奈子の死は、自殺か、事故かを刑事に訊いた。

「まだ分かりません」

赤岩は、機嫌《きげん》を損《そこ》ねたようにぶっきらぼうな答えかたをした。顎に傷のある黒沼は、コーヒーの香りを吸い込むように鼻を動かした。

茶屋はコーヒーを一口飲み、うまいというかわりに目を瞑《つむ》った。

二人の刑事は、珍しい動物にでも出会ったような顔をしている。

「茶屋さんは、まちがいなく、おとといの夜、この鬼怒川温泉に着いている。あなたがここへきたので、事件が起きた」

赤岩はコーヒーカップに指をからめた。

「事件とは?」

茶屋が訊いた。

「見えすいた芝居を。……富坂さんの件に決まっているでしょ」

「富坂さんは、事件なんですね。深夜に、何者かの手によって……」

「それは、茶屋さんがいちばんよく知っていることだ。……鬼怒川温泉には、いつまでいるつもりですか？」

「分かりません。富坂さんが事件に遭ったのだとしたら、それが解決するまでいることになるかも」

「あなたの職業は、いったいなんですか。東京へ帰ってもやることがないんですか？」

茶屋はコーヒーをゆっくり飲み干すと、朝刊を膝にのせた。

赤岩と黒沼が顔を見合わせたのが分かった。

「茶屋さんの、きょうの予定はなんですか？」

黒沼が咳払いしてから訊いた。

「朝刊を読んでから考えます。私の行動には、どうぞおかまいなく」

「今度は、署へきてもらうことになるでしょうね」

赤岩が、いまいましそうにいった。二人は茶屋をにらみつけたまま椅子を立った。

茶屋は、二人の刑事の背中を目で追った。

富坂加奈子は殺害されたのか。遺体には他殺を認める痕跡があるのか。事故は考えられないし、自殺するにはその動機が見あたらない。それで事件に遭ったものとにらみ、捜査がはじめられたのか。

牧村がケータイに電話をよこした。このまま鬼怒川温泉にいると、自分に凶事が降りかかりそうな気がするので、帰ることにする、といった。日ごろ、茶屋が災難や事件に巻き込まれるのを望んでいるようなことを口にしているのに、自分が事件にかかわるのはご免《めん》だといっているのだった。

2

茶屋は、新聞を膝にのせてフロントを眺めていた。チェックアウトをすませた客が、ぽつりぽつりと出ていった。

エレベーターからミカン色のようなジャケットが出てきた。緑色の鞄を持っている。牧村はほんとうに帰るらしい。彼は、自分の身に災難が降りかかるのを恐れたのではなく、最初から一泊で帰るつもりだったのではないのか。

どうやら彼は昨夜の宿泊料を精算しているようだ。名川シリーズの取材費は衆殿社持ちであるから、牧村は二人分を支払ったにちがいない。

茶屋がラウンジにいるのを知っているのだから、一声掛けにくるだろうと思ったが、牧村は女性スタッフに見送られて玄関を出ていった。この辺が一般の人とはちがったところで、変人の列に並んでいる一人なのだ。

茶屋はいくぶん気抜けした気分になった。

が、気を取り直すと、スナック・とちの実の千依子に電話した。

呼び出し音が六回鳴った。彼女はまだ寝床のなかではと思い、切ろうとしたら、

「もし、もし」

かすれ声が応じた。「あっ、茶屋先生ですか」

急に明るい声に変わった。どこにいるのかと訊かれたので、ホテルだと答えると、

「先生、お願いです。一度でいいですから、銀屋ホテルのご飯を食べさせてください。わたし、すぐにいきますので」

と、彼が電話した理由も訊かずにいった。

すでに朝食の時間は過ぎたが、ラウンジで軽食ができるだろうと思った。彼女は、軽食では満足できず、ディナーをねだるかもしれなかった。

三十分ぐらい経つと、千依子は息をはずませてやってきた。ハリウッド女優のモノクロ写真を貼りつけたようなTシャツの上に、白いジャケットとパンツを着ていた。靴は黒のズック。額に浮いた汗を手で拭いた。

朝食のレストランはもう閉じてしまった、と彼がいうと、

「わたし、レストランなんかじゃないほうがいいの。食べかた分かんないから」

「朝食は？」

「まだ、なんにも」

水が運ばれてきたので、メニューをもらった。

彼女は、このホテルに入ったのも初めてだという。

「オムレツと、コーヒーもらっていいですか？」

茶屋は、なんでもどうぞといって、笑顔をつくった。

「やっぱりきれいなホテルですね。あ、川が見える」

彼女は窓辺へ立った。上流の両岸に何軒かのホテルが映っている。川は枝を広げた樹木にはさまれ、陽差しを照り返していた。この辺の流れは浅いらしくて、川のなかには白い石がゴロゴロしている。

「先生の部屋は、どこですか？」

五階だというと、

「あとで、見せてもらっていいですか？」

子どものような話しかたをする彼女は、窓辺をはなれると売店をのぞきにいった。このぶんだと風呂場も見たいといいそうだ。露天風呂を見たら、入りたいというだろう。

オムレツとサラダがテーブルにのった。付け合わせのウインナ・ソーセージを口に入れた彼女は、驚いたような目をした。

「こんなおいしいもの……」

彼女は急にフォークを置いた。

どうしたのかと、茶屋は彼女の表情をさぐった。

「わたし、なんにも知らないもんだから、先生に甘えて。……普通のオムレツかと思ったら、これ特別なものです。我儘《わがまま》なこといって、ご免なさい」

彼女はスマホを取り出すと、オムレツを撮影した。

「すごくおいしいって、ママに電話するね」

「電話はあとにして、温かいうちに食べなさい」

母親に知らせたら、厚い胸を揺らしてここへ駆けつけそうだ。

千依子は、オムレツとサラダをきれいに食べるとコーヒーを飲み、これもおいしい、といい、水を音をさせて飲み終えると、腹をさすった。

「先生は、きょうもここへ泊まるんですか？」

「そのつもりだ」

「きょうは、これからどこへいくんですか？」

「富坂加奈子さんのお母さんに会いたいが、きょうは、私なんかには会っていられないだろう。……鬼怒川の上流へいってみようかと考えている」

「いくとこが決まってないんなら、日光江戸村はどうですか？」

「ガイドブックで見たことがある。江戸の城下町を再現したような、テーマパークだね」

「面白いですよ。一日中いても飽きないところです」

「そうか」

茶屋は、どうしようかと迷った。

「日光へは、いかないんですか？」

「東照宮や二荒山神社の日光。ここからいちばん近い世界遺産だ」

茶屋は三回いっている。一度は日光山内だけでなく、華厳《けごん》の滝を見物したし、中禅寺湖《こ》畔《はん》を歩き、奥日光までいった。

「わたし、日光へいったことないんです」

「鬼怒川温泉にいて、日光へいったことのない人は、珍しいんじゃないのか」

「中学のとき、いくことになってたんだけど、風邪ひいて、前の晩から高い熱が出ちゃったので、寝てたんです。そのあと、日光へ誘ってくれる人もいないんで……」

彼女は目尻をさげて寂しげな表情をした。

「よし。きょうは、日光江戸村見学をしよう」

「わたしも一緒でいいでしょ？」

茶屋はうなずいた。

彼女はなにかを思いついたように、周りを見まわして、牧村はどうしたのかと訊いた。

いままで彼のことを忘れていたようだ。

「彼は東京へ帰った。週刊誌の編集長は多忙なんだよ」

「ゆうべは、疲れてたみたいで、エトワールで一時間ぐらい眠ってましたね」

牧村はいまごろ列車のなかだろう。ゆうべはエトワールで、千依子の手をにぎったまま眠っていたことなど、忘れてしまったにちがいない。

日光江戸村へは、鬼怒川温泉駅前からバスが通っていた。

千依子は母親に、どこへいくといって出てきたのか、小型のショルダーバッグしか持っていなかった。彼女は、茶屋を窓ぎわの席に押しやるようにすわらせると、腿をぴたりとくっつけて腰掛けた。

最近読んだ本によると、人は旨いものを食べると、幸福感を味わって、穏やかな気持ちになる。心を栄養で満たしたことになり、副交感神経優位のポジティブ体質になるという。

その本を読んでいて、銀座の老舗《しにせ》クラブのホステスのK子を思い出したのだった。彼女は色白の丸顔で、いつも笑顔をたやさない。そのクラブでは最も人気のあるホステスだろうと思われる。彼女には、夕食をともにして店へ同伴してくれる客が何人もいることを茶屋は知っている。そういう客は彼女に好感を持っているだけでなく、下心も持っている。

客の一人のRは、彼女をよろこばせるために、旨いものを食べさせる店を熱心にさがした。インターネットで検索しただけでなく、自分が食べにいって味さだめをした。他の客が、彼女を有名人が通う高級料理店へ連れていっているのをRは知っていた。彼が味さだめをして歩いたのは、高級店でも有名人が訪れる店でもなかった。

十九歳で銀座のホステスになって十年、したたかさも身につけたK子が、結婚相手に選んだのが五十に近いRだった。彼女は茶屋に、『Rと食事していると、とても幸せな気分になるの。ほかの人たちは、下心が見え見えだし、なんていい逃れしようかっていうことばかり考えて、お料理をおいしいと思っていなかった。脳のはたらきをよくするおいしいものを食べていると、よけいなことに気を遣わないし、健康的だし、若さを保《たも》つことにも役立ってるのを知りました』と語った。

茶屋がK子の話を思い出していたら、千依子は彼に腕をからませ、鼻歌をうたった。小高い山の麓《ふもと》の森林にバスは吸い込まれてとまった。そこが日光江戸村の駐車場だった。入場料（通行手形）一人四千五百円を払って関所を通った。いきなり、丁髷《ちょんまげ》の男たちが出てきて、なんとか「ござる」といった。関所をくぐったとたんに、時代は江戸になり変わったのだ。

水車小屋があり、旅籠《はたご》も駕籠《かご》屋もあらわれた。

江戸時代の旅人姿の男女が歩いている。

千依子が指差したのは変身処。そこでは侍にも、岡っ引きにも、武家の娘にもなれるのだった。

「女忍者になってきたら」

茶屋がいったが、彼女は首を横に振った。ちなみに、忍者の扮装《ふんそう》の値段を見ると三千九百円、武家娘は五千円となっていた。

忍者劇場と、花魁《おいらん》ショーを観て外へ出ると、吉良上野介《きらこうずけのすけ》邸の角で捕り物が行なわれていた。役者の演技は堂《どう》に入《い》っていた。見物人のなかには町屋の娘姿が三人いた。

そば屋から若い男女のグループが出てきたのを見た千依子が、茶屋の袖を引いた。腹がへったのだろう。彼の腹の虫も、花魁ショーの最中に二、三度、「なにか食いてぇ」と叫んでいた。

3

日光江戸村からはまたバスに乗った。

「夜は、なに食べますか？」

間もなく鬼怒川温泉に着くというアナウンスが聞こえたところで、千依子がいった。

「銀屋ホテルで」

「えっ。あそこのディナー？」

彼女は、恐いものでも見たように、茶屋の腕にしがみついた。

「どうした？」

「わたし、食べかた知らないし、こんな格好じゃ……」

「大丈夫。サンダル履きではいけないけどね」

彼女は、黒いズックの両足をそろえて踊《おど》る真似をした。

茶屋はホテルに、二人のディナーをオーダーした。

「ママに話したら、ショックで倒れるかも」

バスを降りると、駅前広場で彼女は何度もはねあがってよろこんだ。食べかたを知らないといったが、緊張してはいないようだ。

サヨコが電話をよこした。

「牧村さん、よろこんでいましたよ」

事務所に電話があったのだという。

「彼は、ほとんど眠っていたが」

「茶屋先生は、運がいい。鬼怒川は、先生を待っていたように、事件が起こった。これで今回も書くことに困らないし、読者はよろこぶ。出来すぎの感があるので、警察は茶屋次郎が殺人を仕組んだんじゃないかという疑いを持っただろうって、いっていましたけど、先生は捕まりそうなんですか?」

「おまえは牧村と勝手なことを考えていればいい。いっておくが、私が新宿を発《た》ったのは、きのうの午前だ。再度警察に訊かれたら、はっきりと答えておけ」

「いま、どこにいるんですか?」

「鬼怒川温泉駅前。いまから腹ごしらえして、女性水死事件の取材にいく」

「独りで大丈夫ですか。わたしでよろしかったら、これからでも駆けつけますけど」

「おまえのたすけが必要なときがきたらいう。事務所をしっかり守っていろ」

「牧村さん、いってたけど、茶屋先生って、食べ物の味は分からないし、酒を飲んでも顔色も変わらないし、面白くもなんともない人なんですね」

どういう意味だといおうとしたが、サヨコのほうから電話は切れた。

駅前の今市警察署藤原交番にはパトカーが一台とまっていた。それを横目に入れながら、川岸に近い銀屋ホテルに向かった。

ホテルの前で千依子は、またひとはねした。うれしいことがあると、飛びあがる癖があるようだ。骨を削られるような苦しい場面では、どんなふうになるのだろう。

銀屋ホテルのレストランに入ると、男性スタッフが席へ案内した。さすがに千依子は緊張気味で、周りを見まわした。

食前酒はきのうと同じで、ほのかにリンゴの香りがした。千依子は、茶屋を真似るような手つきで箸を使った。

　昨夜と同じ女性が料理を運んできた。

「茶巾湯葉織部あんかけでございます。こちらは活《い》け車海老《くるまえび》の海老味噌あえでございます」

　千依子には、「湯葉」と「味噌」ぐらいしか分からなかっただろうが、口に入れてみてから目を丸くした。

「こんなの、初めて」

　おいしい、といっているのだ。

　鮎《あゆ》の田楽焼きが出ると、

「前に食べたことあるけど、ぜんぜん味がちがいます。ママに話したら、きっと気がちがったような声を出す」

　彼女は箸を置くと、両頬を軽く叩いた。

　いちばんおいしかったものはどれだったかを、茶屋は訊いてみた。

　なにを食べたかを、彼女は振り返っていたが、鱸《すずき》のたたきだったと答えた。三枚におろした鱸を細造りにして、塩昆布、赤、青のピーマンをせん切りにしたのを和《あ》え、レモン汁をふりかけたもので、茶屋も旨いと思った。

「ママに見せるために、出てきた料理を撮っておけばよかったね」

茶屋がいうと、

「写真見たら、ママは具合が悪くなります」

千依子は、デザートのイチゴにフォークを刺した。

ママは、どんな食べ物が好きなのかと訊くと、

「焼肉なら、毎日でもいいっていう人です」

茶屋は、千依子の母親の重そうにたるんだ顎を思い出した。

富坂加奈子の母親・松江《まつえ》に会って、訊きたいことがあった。

千依子と手をつなぐようにしてとちの実へいった。彼女はママに、日光江戸村へいってきたことと、銀屋ホテルのディナーを話した。

ママは茶屋に、娘が馳走になったと礼はいわず、厚い手を口にあてた。千依子の食べたものを聞いて、よだれが洩れそうになったようだ。

茶屋はママに、富坂松江に会いたいのだがと話した。

「松江さんは、今夜は外出するわけにはいかないでしょうね。お悔《くや》みにきているお客さんも、近所の人たちもきているんじゃないでしょうか。それに……」

娘が災難に遭った直後のことだからと、ママの顔はいっていた。

だが茶屋は、娘が奇禍《きか》に遭った母親の声を、きょう聞きたかった。いまの哀しさと、怒りを聞きたかった。話ができなくても、顔を見たかった。日にちが経ってからだと、いわなくなることがありそうな気がした。きょうでないと聞けない言葉があると思った。

ママは、松江に電話した。悔みを述べ、驚きで、ゆうべは松江の気持ちばかり思い、眠れなかったといった。茶屋は会話を聞いていて、ママは弁が立つ人であるのを知った。

ママは、茶屋のことを手短に話し、会いたいといっているが、今夜の都合はどうかと訊いた。松江は、出掛けられないが、きてくれれば会える、と答えたという。

茶屋は、鬼怒岩橋に近い富坂家を訪ねることにした。

千依子が着替えをしているあいだに、花束が届いた。ママが花屋へ注文したのだった。

茶屋は、黒いジャケットの千依子と一緒に、鬼怒川右岸の道を北へ歩いた。今夜の風は、深い谷川を渡ってくるわりにはなまぬるかった。

鬼楽荘ホテルの従業員宿舎だったという二階建ての家は古そうに見えた。近所の主婦が三人訪れていた。

解剖検査を経た加奈子の遺体は、夕方、帰ってきたのだという。白布に包まれた棺の前には青い煙が立ちのぼっていた。茶屋と千依子が持っていった花束が、棺の脇へ活けられた。

乱れた髪の松江に促されて千依子は、および腰で棺をのぞいた。彼女は、台所にいた主婦たちが振り向くような声をあげて泣いた。

赤い目をした松江は、茶屋の前へ両手をついて、

「先日、上高地へいってきた加奈子から、茶屋さんのお名前を聞きました。それをきょう思い出したものですから、一段落したら連絡させていただこうと思っていました」

と、小さな声でいった。

加奈子は上高地で、山岳救助隊の伏見から茶屋と三田村のことを聞いたのだ。彼女は、茶屋たちと同じ目的を持って上高地へいったのではないか。

松江は、近所の主婦たちがいる台所のほうをちらりと見てから、

「きょうはお話しできませんけど、加奈子は、自分から死ぬような娘《こ》ではありません。……悔しいです」

彼女は、ハンカチを口にあてた。

「警察では、どんなふうに？」

「詳しい結果は、あしたうかがうことになっています」

詳しい結果というのは、死因のことだろう。

茶屋は、その結果を知らせてもらいたいといって、名刺にケータイの番号を書き加えて渡した。

「ママから、お通夜と、お葬式の日を訊いてくるようにいわれました」

千依子が涙声で松江に訊いた。

茶屋と千依子は並んで棺に向かって手を合わせ、松江に頭をさげて帰ることにした。

玄関で靴を履いてから茶屋は松江に、

「加奈子さんは以前、糸島さんと、同じ会社で働いていたんですね」

といった。

「糸島さんをよく知っていました。わたしも会ったことがあります。加奈子は、糸島さんの奥さんも知っていました」

「奥さんは冬美さんというお名前ですが、日光の出身だそうですね？」

「生まれは川治温泉ですけど、奥さんが子どものころにこの鬼怒川温泉へ移ってこられた方です。お母さんはいまもここに住んでおられるということです」

松江はそういってから、近所の人たちの耳を気にするような表情をした。その目は茶屋になにかいいたそうにみえた。茶屋は彼女の一瞬の表情を頭に焼きつけた。

くるときよりも風が強くなっていた。深い谷から流れの音と森林のざわめきがのぼってきた。加奈子の死顔に対面した千依子は、まだ鼻をすすっていた。手の甲で目尻を拭うと、その手を茶屋の腕にからめた。

とちの実にもどると、ママは千依子を見て、顔を洗って化粧を直してから店へ出てくるようにといった。

4

客は二人いたが、一人は酔い潰れたようにカウンターに額を押しつけていた。

「さ、新しいお客さんがきたから、帰るぞ」

真っ赤な顔をした四十男は、眠っている男を揺り起こした。目を開けた男は夢を見ていたらしく、歌をうたうような声を出して立ちあがった。

二人連れが帰ると、

「松江さん、どんなでした？」

ママが訊いた。

「しっかりしていましたので、気丈な人だと思います」

茶屋の耳には、松江の、『悔しいです』と、腹の底から吐いた言葉が突き刺さっている。悔しいというのは、だれかに向けた言葉だと彼は受け取った。

警察はあした、加奈子の死因を松江に伝えるという。もしも、殺害が明白だといわれた場合、松江には加害者が思い浮かぶのだろうか。

茶屋はママとビールを注ぎ合った。もう三十分近く経つが千依子は店へ出てこなかった。加奈子の遺体と対面したショックが消えないのだろうか。

ママも千依子のことが気になってか、ピンクのカーテンのほうをちらりと見てから、

「千依子は、お風呂に入ってるんじゃないかしら」

といい、先日は、風呂に浸かったまま眠っていた、ママが気づいて起こしたのだが、湯《ゆ》中《あた》りで気分が悪くなり、その夜は店に出られなかったという。

「うちには温泉が引いてあるんですよ。よかったら、ひと風呂浴びていってください。銀屋ホテルのお風呂場は広くて立派でしょうけど、うちはお風呂にだけは……」

ママは、檜《ひのき》造りだと自慢げに話した。

茶屋が、それでは、といって風呂を使わせてもらったらママは、泊まっていけといいそうな気がした。

ママは酒が強そうだ。グラスのビールをぐいっと飲み干《ほ》すと、日本酒を飲まないかとすすめた。

彼女の背中の棚には、日光や杉並木の名のついた地元の酒がずらりと並んでいる。そのなかから「とちの実」という店と同じ名の一升びんをカウンターに置いた。湯呑みのような大きさのぐい呑みに注ぐと、

「これ、イケますよ」

といって、あらためて盃《さかずき》を合わせた。

酒は、さっぱりとした辛口だった。茶屋は、うまいといってほめた。

ママは目を細めて、二口か三口で飲み干し、一升びんからまた注いだ。

三杯飲むと、さすがに酔いがまわってきたらしく、唇をゆがめて話すようになった。

「茶屋さん、千依子を、よろしくお願いしますね。悪い子じゃないから。バカ正直で、明るくて、涙もろくて、気が利かなくて、自分のことしか目に入らない女だけど、悪い子じゃないから、ね、お願いしますよ」

ママは、上体を少し揺らしながら茶屋のぐい呑みに酒を注いだ。

千依子は、また風呂に浸かったまま眠ってしまったのか、店へ出てこない。

ママは、千依子のことをよろしく、などといいながら、彼女のようすを見にいこうとはしなかった。

茶屋の目もショボショボしてきた。千依子よりもこの家の檜風呂よりも、ホテルのベッドで大の字になりたかった。

懐かしいラテンのリズムを聴いていた。リズムに乗って手足が動きそうになったところで、茶屋は目を開けた。枕頭に置いたケータイの小さなランプが点滅していた。

電話は、山岳救助隊の伏見からだった。午前八時をすぎていた。朝食を八時に摂るのを忘れて寝入っていたのだ。

「お早うございます」

救助隊員の声は潑剌《はつらつ》としている。

「きょうは、大学の同窓会が東京であるので、出席します。茶屋さんのご都合がよろしかったら、会のあとお会いしたいのですが、いかがでしょうか？」

茶屋は、目をこすった。こめかみに指で刺激を与えた。

「ぜひお会いしましょう」

「では、また午後に電話をさしあげます」

伏見の住所は松本市内だといっていた。彼はこれから東京行きの列車に乗るのではないか。

茶屋は頭を振って眠気を追い払った。ゆうべ、とちの実のママに注がれるままに飲んだ地酒に酔ったのだ。日付が変わる前にホテルにもどったような気がするが、そのあとのことは覚えていない。ママは、一升びんから自分で注いで、何杯も飲んでいた。夜の店ではホステスのはずの千依子がいなかったような気がする。富坂家からもどって、化粧を直し、着替えをしているうちに睡魔に襲われて、寝床へ倒れたのではないのか。ママは千依子のことを、『気が利かなくて、自分のことしか目に入らない女』といっていたのを、茶屋は思い出した。

茶屋は朝食をして、東京へ帰ることにした。

今夕は、加奈子の通夜だ。闇の底の一点をにらみつづけているような、母親松江の姿が頭に浮かんだ。松江は、加奈子が上高地へいった目的を知っている。加奈子は山岳救助隊の伏見から、糸島英俊が遺体で発見された地点を聞いたし、そこへ茶屋と三田村が登ったことも聞いた。加奈子は、いずれ茶屋たちに会おうと考えていたのではないだろうか。

渋谷の事務所に昼すぎに着いた。

「うわっ」

パソコンの前のサヨコは胸を押さえた。

キッチンの流し台の前で、ハルマキはフォークかナイフを床に落とした。

「急に帰ってこないで。びっくりすると、からだにさわるから」

サヨコは妊婦のように両手を下腹へおろした。

「先生、お昼は?」

ハルマキがデスクの前へきて訊いた。

「なんでもいいから、つくってくれ」

「なんでもいいなんていわないで。わたし、つくれないものないから」

ハルマキは、サヨコと食べる昼食の準備に取りかかったところだったらしい。

茶屋は、焼きそばを食べたいといった。

ハルマキは、にっこり笑ってうなずいた。

サヨコが、鬼怒川温泉・銀屋ホテルのディナーのメニューを訊いた。

茶屋は、原稿を書きながら思い出す、と答えた。

サヨコは、ケータイをにぎって外へ出ていった。牧村に、茶屋が予告なしに帰ってきたことを伝えるにちがいない。

茶屋は、鬼怒川温泉に架かる五つの橋と深い谷底の流れを原稿に書いた。上流の鬼怒岩橋の近くは急流の風情《ふぜい》があり、岩にしぶきがあがり、その近くには緑色の水をためた淵が巨岩に囲まれていた。淵に近い浅い流れのなかに女性が浮いているのを、右岸のホテルの人が発見し、川岸はにわかにざわめくことになった、と書いたところへ、千依子が電話をよこした。

「先生、帰っちゃったんですか」

千依子の声は小さくて沈んでいた。彼女は、茶屋が銀屋ホテルにいるとばかり思い込んでいたので、昼食を一緒にしようと訪ねたら、フロント係に、茶屋はチェックアウトしたといわれたのだといった。

「きょうも、わたしがくると思ったんで、それでホテルを出ていったんですね。わたしが邪魔なら、そういってくれればいいのに、黙って、逃げていくなんて、ひどい、ひどい」

彼女は泣き出した。

茶屋は、急に東京で大事な人に会わなくてはならない用事ができたのだといった。

「そんないいわけ。……わたし、ずっと先生のそばにいたかったの。きのうは一緒に、日光江戸村へいったし、夜は一緒にご飯したし、加奈子さんちへも一緒にいったじゃない」

加奈子の家から帰ったあと、店にあらわれなかったことを、千依子は一言もいわなかった。そのことは、記憶から完全に抜け落ちているのではないのか。

彼は、何日かあとにはまた鬼怒川温泉へいくことになるので、そのときは知らせるし、とちの実へも寄る、となだめるようにいった。

「わたしはきょう、家を出るときママに、茶屋先生のそばにいるからっていったの。先生に逃げられたなんて、ママにいえない。それを知ったらママは、わたしが悪い女だって思うかもしれないから」

彼女は、しゃくりあげながら電話を切った。

彼と千依子の会話を、サヨコとハルマキは、耳をそばだてて聞いていたらしい。サヨコは氷のような視線を彼に投げてから、鼻で息を吐いてパソコンの画面を向いた。

富坂松江から電話があった。加奈子の腹部には棒で殴打《おうだ》されたようなうっ血痕が認められた。これは川に落ちてから打ったことも考えられる、と警察から説明があったという。

加奈子には自殺の動機は考えられないし、深夜、川に転落するような場所へ立ち寄るはずがなかった。そうした状況から、何者かに襲われたあと、川に突き落とされた疑いがある。したがって、他殺を視野に入れて捜査するといわれたということだった。

「加奈子さんが、上高地へいってきたことを、警察に話しましたか？」

茶屋がいった。

「加奈子の最近のようすを訊かれましたので、そのことも話しました。刑事さんは、日帰り観光を疑っているようです。わたしは、加奈子の目的を話しませんでした。加奈子がなぜ、糸島さんの遭難に疑問を持ったのかと訊かれても、納得していただけるような説明ができませんので」

加奈子は母親の松江に、糸島英俊の遭難死に疑問を抱いた理由を詳しくは話していなかったようだ。どんな点に疑いを抱いたのかは茶屋にも分からない。分かっているのは、糸島の遭難死を疑問視していた人が、茶屋と三田村以外にもいたということだ。

5

伏見とは、渋谷駅の近くで落ち合った。東京での大学時代、何度もいったことのあるすし屋を覚えている、と伏見がいったので、その店で食事することにした。

ガラスに障子紙を貼ってあるすし屋は、道玄坂と文化村《ぶんかむら》通りをつなぐ入りくんだ路地にあった。茶屋の事務所には近い。彼は数えきれないほどその路地を通っているし、食事もしているが、伏見が案内してくれたすし屋へ入ったことはなかった。

「いらっしゃい」

鉢巻きの主人は威勢のいい声で迎え、伏見を見ると、「あれぇ」と、べつの声を出した。懐かしがっているのだった。伏見は大学を卒業して六年。この店へは三年ぶりだという。

主人の奇妙な掛け声を聞いてか、丸顔の女将《おかみ》が、のれんをはねあげて顔をのぞかせた。

「まあ、すっかり逞《たくま》しくなって」

陽焼け顔の伏見は、主人と女将に頭をさげた。

どうやら学生時代の伏見は、タダの客ではなかったようだ。

「糸島英俊さんの遭難現場近くで拾ったクッキーの、分析結果が出ました」

ビールを一杯飲み干すと、伏見は鞄から写真を取り出した。ポリ袋に入っていた丸い形のクッキーだ。色は薄茶。スケールが写っていて、直径は約二、三センチ。同じ大きさのものが四個。

「塩と砂糖を少量加えた小麦粉をサラダ油で練り、固めて焼いたものだと分かりました」

「えっ、バターも卵も使わずに？」

茶屋は写真を手に取っていった。

「普通のクッキーより、かなりカロリーが低いものでした」

クッキーと、糸島の胃中に残留していた食物の成分が一致したことから、彼が食べ残したものと断定できる、と伏見はいった。

「糸島君の奥さんの冬美さんの話だと、山へ持っていく副食品は、金堀さんが用意したということでした」

茶屋は、冬美の蒼白い顔を頭に浮かべていった。

「クッキーは熟練していない人の手づくりです。奥さんのいうとおりだとしたら、金堀さんが焼いたのでしょうね」

「金堀さんは糸島さんに、山へ持っていく食料は、軽くて、栄養豊富でなくてはならないといったそうです」

「それにしては、そのクッキーは粗末なものです」

伏見は、テーブルの写真を目で差した。

「山中では、金堀さんも、それと同じクッキーを食べていたんでしょうか?」

茶屋はいって、首をかしげた。

伏見は、べつの茶封筒から写真を出した。二十枚あるが、テーブルには広げきれないので、連続写真を二枚ずつ並べた。それは残雪帯の傾斜した雪面を撮影したものだった。写真には番号が付いていた。その番号を並べた図を描いた紙を伏見は開いた。用紙いっぱいに8の字が描かれ、縦約三〇〇メートル、横約二〇〇メートルとあった。8の字状に連なっているのは足跡だ。足跡は何人もが歩いたような筋になっている。雪面には窪《くぼ》みもあり、樹木も立っている。風倒木らしい黒いものが横たわっている。

「写真では何人かが歩いたように見えますが、これは金堀さんと糸島さんの足跡です。二人は同じ範囲を8の字状にいく度となく歩いたんです。何遍も歩いたので、大勢が歩いたと同じような跡になったんです」

先に立って歩いたのは金堀にちがいない。糸島は金堀の後をついて歩いた。初めのうちは気づかなかったが、雪の上についている足跡を見て、同じところを歩いているのだと分かったろう。糸島はそれを金堀にいったと思う。金堀はなんと答えたかを、茶屋は想像した。『おかしい。コースを迷ったらしい。方向が分からなくなった』とでもいったのではないか。それを聞いた初心者の糸島は不安になった。金堀は、糸島を振り向かず、雪の斜面を登ったり下りたりした。アイゼンを着装していない糸島は、足を滑らせて両手をついたり、尻餅《しりもち》をついたりした。しかし、金堀が歩いていくので、遅れまいとして追いかける。が、そこは先刻踏んだ登りであり、窪みだった。糸島は、金堀の背中に不審の言葉を掛けただろう。それに応えて金堀は、『正しいコースをさがしているんだ』とでもいって、何遍も自分たちの残した足跡を踏んで、8の字を描きつづけた。

腰をおろして食事した。口に入れるのは栄養価ゼロに近いクッキー。食べれば腹はふくれる。体力は維持されているのを信じて、また歩き続ける。

そのうち、自分たちの足跡のないところへは新たな不安感のために足を向けられなくなる。目の前に連なっている足跡が正規のルートに見えてきて、ただひたすら自分の足跡に足を入れて歩きつづけていたような気がする。

「この8の字は、金堀さんの意図ではないでしょうか？」

茶屋がいった。

伏見は、茶屋の目を見ながら顎を引いた。

「金堀さんは、クッキーを二種類つくったかもしれません」

茶屋は、伏見の描いた8の字の図をにらんだ。

「二種類？」

「一つはバターや卵をしっかり使ったカロリー豊富なものということです」

「カロリー豊富なほうは、金堀さん本人用にということですか」

自分たちがつけた足跡をたどりつづけるうち、日が暮れた。二人は、太い木の根元か窪地で、雪をすくって口に入れながら夜明けを待ったことだろう。暗闇のなかで金堀は、『径に迷ったのは初めてだ。現在、どこにいるのかの見当もつかない』とでもいったのではないか。リーダーが、方向が分からなくなったといって頭を抱えたら、初めて登った者は、ただ胸を囲んで、震えているだけではないか。夜が明けても、目の前は真っ暗のままかもしれない。

もしも糸島が、『あなたにはリーダーの資格はない。一緒に行動していたら、永久にここから脱出できない』というか、金堀の肚《はら》のなかを見抜いて、単独行動をとっていたら、あるいは正規の登山路を見つけ、やがて山小屋に転がり込むことができたとも考えられる。

糸島は、金堀の未熟さか、意図を見抜いて、彼との登山を後悔したように思われる。だが、それに気づいたときには、すでに体力は限界を越えていた。金堀に一言痛罵《つうば》をあびせたとしても、自力で山を下る余力は残っていなかった——

金堀が糸島を殺害目的で登山に誘ったのだとしたら、その動機はなんだったのか。どうみているのかを茶屋は伏見に訊いたが、彼は警察官として軽がるしく意見を述べるべきではないと心得てか、わずかに首をかしげただけだった。

「富坂加奈子さんは、なにを知りたくて上高地を訪ねたんですか？」

茶屋は、伏見に酒を注いだ。二人はビールから日本酒に切り換えたが、伏見の顔色は変わらなかった。

「富坂さんが最初に訊いたのは、糸島さんが亡くなった場所は、初心者でも登れるところだったのかということでした。私は、『初心者は無理というところではないが、二人は正規のコースをのぼったとは思えない』と答えました。近くに登山路のない地点で亡くなっていたからです」

加奈子は、登山経験があると伏見に語ったという。しかし深い残雪のある時季に登ったことはないようだし、金堀の立てた登山日程が初心者には負担が重すぎることは知らなかったようだ。彼女は伏見に、糸島の死因を尋ねた。

伏見が、正規のコースを逸《そ》れて歩くうちに疲れきって、動けなくなったのだと説明した。

「富坂さんは、山を知っているはずの金堀さんが、どうして正規のコースを逸れ、そして迷ったのかと訊きました。私は、どうしてなのか分からない。金堀さんに尋ねたところ、深い残雪帯を避けるために西斜面を下ったのが、迷った原因だと思う、といっています、と答えました」

「富坂さんは、伏見さんの説明に納得したようでしたか？」

「納得したかどうかは分かりませんが、彼女はこんなことをいいました。……金堀さんは山をよく知っていたので、ここへ入ったんじゃないかって、地図をじっと見てからいっていました」

「富坂さんは、なぜ糸島さんの遭難を調べる気になったんでしょうか？」

茶屋が訊くと伏見は、糸島が金堀と山行をともにしたのを知ったからだ、と彼女は答えた、といった。

彼女は、金堀文貴という人間をよく知っていると受け取れる言葉である。

加奈子と糸島は、元同僚だったのだから知り合っていたとしても不思議ではない。母親松江の話だと、糸島の妻の冬美をも知っているということだった。

松江と加奈子は、糸島だけでなく、金堀についての知識もあったようだ。母娘《はは こ》は金堀と、鬼怒川温泉で会ったことがあったのだろう。金堀は、鬼怒川温泉のホテルにも輸入食品を納入している取引先があったというから、知り合いが何人もいそうである。

五章　日光江戸村甲州《こうしゅう》屋

1

富坂加奈子の葬儀がすんで十日ばかり経った六月の曇った日、彼女の母親松江から電話があった。東京に用事があっていくので、都合がよければ会いたいと茶屋にいった。

彼も彼女に会いたいと考えていたのだが、雑誌の原稿締め切りが重なっていて、彼女に電話もできずにいた。ゆうべは、女性サンデーに連載する「名川シリーズ・鬼怒川」の初回原稿を書きあげた。その原稿をサヨコが、資料とつき合わせしながらパソコンに入力している。

松江の電話は、茶屋にとってはグッド・タイミングであった。

落ち合い場所はどこがよいかと茶屋が訊くと、「新宿でなら」と彼女はいった。

彼は、西新宿の高層ホテルのラウンジを指定した。

茶屋は、約束の三、四分前に着いた。藤色のワンピースの松江は庭園の見える窓を向いて立っていた。娘を失った直後よりも落着きを取りもどしたようで、表情は沈んでいなかった。

「その後、加奈子さんの災難について、なにか分かったことがありますか？」

茶屋は、あらためて悔みの言葉を述べてから訊いた。

「警察は、加奈子の知り合いや、働いていたエトワールのお客さんのアリバイなんかを確かめているようです。それが常連のお客さんに知られたんです。エトワールのママは、加奈子の事件以来、店が暇で困っていると、電話で愚痴《ぐち》をいいましたし、まるで加奈子が、素行のよくない娘だったようないいかたもされました」

警察は、殺人事件とみて捜査しているようだという。茶屋も、加奈子は、自殺したのでも、事故に遭ったものともみていない。

「わたしは気づきませんでしたけど、加奈子は、だれかから恨まれていたんでしょうか」

松江は、浅緑のハンカチを鼻にあてた。

彼女は紅茶を一口二口飲むと、最近、金堀文貴に会ったかと茶屋に訊いた。

「いいえ。いずれ会う機会があると思いますが。……富坂さんは、金堀さんの経歴にも通じているんじゃありませんか？」

「詳しくはありませんが、何年も前からの知り合いですので、ある程度は」

彼女は控えめないいかたをしたが、金堀が過去に経営していた会社の商号を何度も変えていたのを知っていた。会社を設立して一、二年運営するが、清算と称して廃業し、またべつの会社を設立した。業種は同じだったという。

「なぜ、そんなにたびたび？」

「脱税が目的だったと思います。わたしはそれを知ってから、信用できない人だと思うようになりました」

茶屋は、かつて金堀と結婚したことのある二人と会ったが、事業のやりかたに関しての話は聞いていなかった。

金堀は、いつも何人かの女性の知り合いをもっていて、そのうちのだれかと毎夜のように会っては、飲食する男だという話を聞いた。

茶屋はそれを、松江に話してみた。すると彼女の目つきが変わった。

「知り合っていた女性の一人が、糸島冬美さんだったんじゃないでしょうか」

「糸島英俊さんの奥さん……」

茶屋は、松江と目と目を合わせてつぶやいた。

「冬美さんと金堀さんは、タダの知り合いというだけではないということですか？」

「去年のたしか十月のことでした。金堀さんと冬美さんが、下今市駅の近くにいたのを、たまたま用事があってそこを通りかかった加奈子が見たんです。見かけたというよりも、加奈子は、立ち話していた二人にばったり出会ったんです。金堀さんも冬美さんも知っていましたので、二人はバツの悪そうな顔をしたということでした」

金堀と冬美が鬼怒川温泉や下今市へきていてもおかしくはない。二人は用事があってきていて、偶然に会ったのかもしれないではないか、と茶屋がいうと松江は、

「加奈子は、子どもじゃありません。偶然会った知り合いと、特別な間柄《あいだがら》の人たちの区別はつきます。そのとき金堀さんは、冬美さんとたまたま出会ったんだと、弁解がましいことをいっていたそうです」

茶屋は、松江の顔から庭園のほうへ視線を移した。

「この前、山岳救助隊の伏見さんと東京で会いました」

茶屋がいった。

「加奈子が上高地で会った方ですね」

「糸島さんが亡くなっていた現場へ再度登ったさいに、クッキーが入った袋を見つけたんです。たぶん糸島さんが食べ残したものでしょう。警察はそのクッキーの成分を検べました。すると、きわめてカロリーの低いものだと分かったということです。つまり登山者の携行食としては、ふさわしくないものだったんです」

「そんなものを、糸島さんは……」

「山へ持っていく副食品は金堀さんが準備したそうです。初心者の糸島さんは金堀さん

に、山へはどんな食品を持っていったらいいかを訊いた。そうしたら副食品は金堀さんがつくるので、その心配はしなくていいといったということです。金堀さんは、本当にクッキーを自分で焼いたんでしょうか?」

茶屋は、どう思うかと、少し顔をかたむけて訊いた。

「金堀さんは、外国製の食品を取り扱う事業をしていましたので、あるいは自分で……」

松江はそういってから、「だれかにつくらせたのかもしれませんね」といって、瞳を動かした。

茶屋は、去年の十月、下今市で、金堀と冬美が親しげに寄り添っていたという場面を、頭に描いた。金堀と冬美が親密な間柄だったとしたら、金堀と糸島の登山計画には、冬美の知恵が加わっていたと考えてもおかしくはなかろう。

知恵のひとつは、携行食だ。それを金堀が用意したというのが事実でも、どのような成分のものを糸島用にしたのか、冬美には分かっていたのではと推測できる。

登山中に死亡した場合、凶器か薬物でも用《もち》いないかぎり、犯罪を立証することはむずかしい。それを知っているので金堀は、経験のある登山を思いついた。思いついても、人を死なせるのは容易《ようい》ではない。

殺害を決意した彼は綿密な計画を立てた。崖から突き落としたり、落石に見せかけることも考えただろうが、それには場所と地形が限定される。落ちたら確実に死ぬようなところに初心者は立たないのだ。凶器や薬物を用いず、断崖《だんがい》から突き落とさず、落石に見せかけて石を頭にぶつけることもしないで殺す方法は、激しく疲労させて、じわじわと弱らせることだと考えついたのではないか。

登山、特に雪の上を歩くには体力の消耗《しようもう》が激しいので、そのぶんカロリーの高いものを摂取する必要がある。これを逆利用すれば、疲労度は増す。体力を消耗させるには運動量を多くさせることなので、とにかく歩かせる。山は平坦でない。残雪のある場所を避けて通るわけにはいかない。雪の上で足を滑らせて転倒する。普通の歩行よりもからだへの負担は増す。

糸島は、アイゼンを持っていかなかった。彼がうっかりそれの調達を忘れたか気付かなかったのではなく、金堀が糸島の登山装備にアイゼンを加えなかったのだ。たびたび滑って転倒することも計算に入っていた。そして、同じ範囲を何回も歩かせた。雪面に自分たちの足跡が刻印されているのだから、同じ範囲をぐるぐる歩きまわっていることは分かる。これが手で、窮地《きゆうち》から脱出していないことを繰り返し認識させる。ずっと自分たちの足跡をたどっていると、足跡のないサラ地へ足を踏み出すことができなくなる。自分たちの足跡がつづいているかぎり、安全な場所にいるのだという妙な安心感にしばられるのだ。

それをやる前に金堀はやったことがあるだろう。切り立った断崖の近くから一ノ俣谷をのぞかせたように思われる。深い谷底を濁った色の雪解け水が盛りあがるようにして流れていた。その谷の両岸をつなぐ吊り橋は、風雪に叩かれて中央部でちぎれ、岩壁にぶらさがっていた。これを見て肌に粟粒《あわつぶ》を浮かさなかった者はいないだろう。

「加奈子さんは、何者かに川へ突き落とされたのだとしたら、その犯人は……」

茶屋は松江の瞳をのぞいた。

「茶屋さん」

彼女は彼の目つきに応えるように呼び掛けてから、「加奈子が川に突き落とされたとき、金堀さんがどこにいたのかを確かめることができないでしょうか？」

松江は、加奈子殺しの犯人は金堀ではと疑っているらしい。

茶屋は、金堀のアリバイを確かめる方法があるかを考えたが、その前に、加奈子はなぜ、糸島の遭難に疑いを抱き、それを調べるようなことをしたのかを松江に訊いた。

「加奈子は、わたしには黙っていましたけど、金堀さんに特別な感情を持っていたんです」

「といいますと、金堀さんを恨むようなことでもあったということですか？」

「一時、金堀さんと……」

付合いをしていた時期があったということなのか。

金堀は多情な男のようだ。結婚しているあいだも、夜毎《よごと》、ほかの女性と飲み食いしていたという。加奈子は金堀の知り合いの女性のうちの一人だったのではないか。それを彼女は知らず、金堀に抱かれていた期間があったということらしい。

「加奈子さんは、金堀さんを好きだったんですね？」

茶屋は松江に訊いてみた。

「あの子は、一途なところがありました。わたしに嘘をついて、東京へ金堀さんに会いにいったり、今市辺りで会っていたことがあったんです。好きな人がいるんだなって、わたしは気づいていましたけど、その相手が金堀さんだったなんて、想像もしていませんでした」

「金堀さんだと、どこで分かったんですか？」

「加奈子が、頭を抱えるようにしてふさぎ込んでいたので、なにがあったのか、どうしたのかって、わたしは訊きました。母娘だけで暮らしているのに、片方がろくに食事もせず、ものもいわずにいるのに、わたしは耐えられなくて、『独りで苦しんでいないで、いいなさい』って、強くいったんです。そうしたら……」

加奈子が金堀の名を口にしたときは、天を仰いだという。

そのころ金堀には二度目の妻がいた。松江は東京へ出向き、金堀にだけでなく妻にも会ってやろうと考えたが、娘のふしだらをさらけ出すだけだと思い直した。自分にも経験がなかったわけではないので、月日が解決すると決めて、加奈子の姿を観察していたという。

月日の経過とともに、加奈子の身を焦《こ》がした炎は治まったかにみえたが、胸の奥底に熾《おき》として残り、消そうとしても消えない、深い恨みのかたまりとなっていたということらしい。

去年の十月、下今市で、親しげに寄り添っていた金堀と冬美に出会い、胸を衝《つ》かれたが、糸島の遭難死という思いもかけない出来事を知ると、じっとしておれなくなった――

2

茶屋は、金堀の五月二十一日のアリバイをさぐる目的で、新宿花園神社近くのマンションを訪ねた。金堀の住所である。同じフロアに住んでいる翻訳家の宮浜渚に会った。五月二十一日の夜、金堀が住まいにいたかを知りたいのだと渚に話した。

彼女は自分のスケジュール表を繰ってくれた。

「五月二十一日のわたしは、出版社の方と会うために、夕方から出掛けました。帰ってきたのは十時ごろでした」

彼女は、その夜のことを思い出そうとしてか、首をかしげていたが、金堀には会っていないし、彼の部屋に灯《つ》りが点いていたかどうかも覚えていないと答えた。

「最近、金堀さんに会うか、見掛けていますか？」

茶屋が訊くと、一昨日は伊勢丹近くの映画館の前で、昨日は、マンションのゴミ捨て場でばったり会ったといった。

「金堀さんは、どんなようすでしたか？」

「いつもと同じようでした。おとといは映画を観ようとしていたんでしょうか。広告をじっと見ているようでした」

「宮浜さんは、声を掛けましたか？」

「はい。おたがいに、『こんにちは』といい合っただけです」

茶屋は、夕方になるのを待って、ゴールデン街のバー・にゃーごへ入った。彼はそこでも、五月二十一日に金堀が飲みにきたか、あるいは姿を見掛けたかを訊いた。

ママは、表紙にシミのついたノートをめくった。営業日に来店した客の名を書きとめているらしい。

「金堀さんは、五月二十三日と二十四日、つづけてきています。しばらく顔を見せなかったのに」

といった。

ママは先日、茶屋から金堀が会社を閉鎖したことを聞いたので、そのことについてさぐりを入れたところ、新たに事業をはじめる計画がある、と語ったという。

茶屋の目的は、五月二十一日夜の金堀のアリバイだったが、それを知ることはできなかった。

茶屋が富坂松江と会ってから三週間ばかり経った。

ハルマキが、茶屋のデスクに郵便物の束を置いた。最近、通信販売のカタログが多くなった。一点とて注文したことのない通販会社からも送られてくる。

糸島冬美からの封書があった。濃い紫のアヤメの切手が貼ってある。重大なことを知らせてきたのではないかと思いながら、彼はハサミで封を切った。

「夫、英俊の災難については、いろいろとご心配をおかけいたしまして申し訳ありませんでした。

しばらくの間は、夫の死が信じられず、玄関に「ただいま」という声が入ってきそうな気がしておりましたが、このごろになってようやく、自分を取りもどすことができるようになりました」

彼女の手紙は、転居の報告だった。

子どもが通っていた小学校にいじめ問題の波紋が広がったこともあって、独り暮らしをしている母と相談した結果、鬼怒川温泉へ転居し、子どもを地元の学校へ入れることができた。それから自分は、母の伝手《つて》で鬼怒川温泉のホテルへの就職も決まった、と書いてあった。新住所は、(日光市鬼怒川温泉藤原)となっていた。アパートやマンションのような共同住宅ではなさそうだ。独居だった母親に同居したのだろうと茶屋は想像した。彼女は鬼怒川温泉で育ったのだから、帰郷である。

茶屋は、返事の手紙を書いた。梅雨《つゆ》どきで、じめじめした日が多いので、健康に留意するようにと締めくくった。

彼女の氏名を書いてから、三週間ほど前、富坂松江の口から聞いた言葉が頭によみがえった。去年の十月、金堀と冬美が、下今市駅の近くで親しそうに寄り添っていたのを、加奈子が見たというのだった。物陰から見掛けたのではなく、二人に出会い、金堀から弁解がましい言葉を聞いたということだった。金堀と冬美は、はたして親密な関係なのだろうか。

六月二十六日――梅雨どきに降る雨は、しとしとと降って、空気がじめつくという印象があるが、けさは窓を叩くような雨音で目を覚ました。カーテンを開けると、東のほうは蒼空である。

ドアに差し込まれた朝刊を抜いた。端が濡れていた。

社会面を開いたとたんに「女性切られ重傷 日光江戸村で」のタイトルが目に飛び込んだ。記事を読んで、彼は、あっと叫んだ。切られて重傷を負った被害者名が、なんと糸島未砂だったからだ。三十一歳で、テレビ番組制作会社社員となっていたので、糸島英俊の妹にちがいなかった。

未砂は先月、茶屋を事務所に訪ねてきた。彼女も糸島の遭難死に疑いを抱いている一人で、死亡現場を踏んだ茶屋に、そこのもようと遭難についての意見を聞きにきたのだった。そのときの彼女は、『わたしに登山経験があるのを、兄は知っていたのに』初登山を連絡してこなかったといっていた。

記事によると未砂は、テレビ番組の収録に何人かのスタッフと日光江戸村を訪ねていた。用足しにいった彼女が現場へもどってこないので、スタッフが付近をさがしていたところ、無人の［甲州《こうしゅう》屋］という建物内で血を流して倒れていた。救急車で日光市内の病院へ収容されたが、意識不明の重態となっていた。

三田村が電話をよこした。彼もたったいま新聞記事で未砂の被害を知ったのだという。

三田村は、鬼怒川で溺死《できし》体で発見された富坂加奈子の事件を知っている。未砂の被害は、加奈子の事件と関連があるのではないか、と彼はいった。

茶屋は、未砂の兄の糸島悦朗のケータイに電話した。杉並《すぎなみ》区の高校教諭である。

すぐに応答した悦朗は、日光市今市の病院にいるといった。きのうのうちに未砂の同僚からの連絡で、病院へ駆けつけたのだという。彼女の容態《ようだい》は深刻だ、と悦朗はいった。

茶屋は、居ても立ってもいられなくなり、顔を洗っただけで、ショルダーバッグを手にして飛び出した。

新宿からの特急を下今市で降り、タクシーで悦朗に教えられた病院へ着いた。

昨夜は、眠ることのできなかった男女が五、六人、廊下の長椅子に腰掛けていた。そのなかの一人が立ちあがった。糸島悦朗だった。メガネの奥の彼の目は充血していた。

未砂の容態を訊くと、悦朗は黙って首を横に振った。重態のままということらしい。

未砂が勤めていたのは「テレタイム」というテレビ番組制作会社。日光江戸村での撮影班のリーダーの新垣《あらがき》という男が、茶屋に名刺を出した。陽焼けした彼の顔はどす黒く見えた。四十二、三歳で長身だ。

廊下の端へ移動して、新垣の話を聞くことにした。

きのうの午後二時ごろ、撮影班は日光江戸村内の日本橋《にほんばし》のたもとで、打ち合わせをしていた。付近には侍姿や商家の女姿の人たちが、急にはじめられた立ち回りを見ていた。侍の斬り合いを取り囲むように見ている旅人や岡っ引き姿の人は、村に所属している芸能人だけではない。村の変身処で衣裳《いしょう》を借りて出てきた人たちもまじっていた。テレタイムのスタッフもそれを見ていたが、未砂はスタッフの一人に告げて用足しにいった。立ち回りは浪人が斬られたところで幕になった。未砂は、三十分経ってももどってこないので、スタッフは厠《かわや》のほうへ彼女を呼びにいった。が、姿は見えなかった。気がかりになったスタッフは、芸能人たちにも声を掛けて、付近をさがしていた。すると甲州屋のなかへさがしに入った女性が悲鳴をあげた。

未砂は、Tシャツを血に染めて土間に倒れていたのだ。

病院で応急手当をした医師の説明によると、未砂は左の肩口から胸にかけて刃物で袈裟《けさ》懸《が》けに斬られ、腹部の一か所を刃物で刺されているということだった。出血多量のため意識はなく、現在、重篤《じゅうとく》だという。

当然、警察は殺人未遂事件とみて捜査をはじめた。未砂が用足しにいったころの日本橋や甲州屋付近には、芸能人をふくめて四十人ぐらいがいた。彼女は、そのなかの何者かに無人の甲州屋へ連れ込まれ、刃物での被害を受けたようだ。

集中治療室のドアから上半身をのぞかせた看護師が、長椅子に腰掛けていた人たちを見わたして悦朗を呼んだ。椅子にいた人たちが一斉に立ちあがると、顔を見合わせた。

悦朗は、飛び込むように集中治療室へ入った。一分と経たないうちに、「未砂」という鋭い声が洩れた。女性スタッフは、両手で顔をおおった。午後一時二十分だった。

十五分か二十分して集中治療室を出てきた悦朗は、よろけて、新垣に支えられた。スタッフは悦朗に頭をさげた。女性スタッフだけが手で顔をおおって、くるりと背中を向けた。

「母に、知らせます」

悦朗はメガネをずらして、指で目を拭った。

病院の外へ出たところで、茶屋は名を呼ばれて振り向いた。近寄ってきたのは日光毎報記者の浜田だった。彼は、糸島未砂が被害に遭った日光江戸村を取材してきたといった。

「糸島未砂さんは、侍の格好をした男に斬られたり、刺されたりしたようです」

「侍の、というと、日光江戸村の芸能人？」

「いいえ。観光客に化けた入場者です」

「じゃ、変身処で、侍の扮装をして……」

「脇差しをして……」

日本橋のたもとではじまった立ち回りを、見物しているふりをしていたのだろうという。

それで警察は、甲州屋で未砂を襲った者は変身処を利用した可能性があるとにらんで、調べているという。

「茶屋さんは、観光客を狙った無差別殺人だと思いますか？」

浜田は、茶屋に一歩近寄った。

「用足しにいくために、たまたま独りになった女性が、変質者の標的にされたのかもしれませんね」

「無差別殺人だと？」

「可能性があるといっているんです」

「可能性はあるんでしょうけど、被害者は糸島未砂さんです。登山中に亡くなった糸島英俊さんの妹ですよ。鬼怒川へ突き落とされた富坂加奈子さんの事件とも、関連があるんじゃないでしょうか。富坂さんが、糸島英俊さんの遭難死に疑問を持っていたことを、私は知っています。茶屋さんもそうでしょ。最近の週刊誌にも、そのさわりをお書きになっているし」

浜田は、事件に関する新たな情報を引き出そうとしているらしかったが、茶屋は曖昧《あいまい》な返事をした。

3

茶屋は、金堀文貴の隣人の宮浜渚に電話した。彼女の声は、初めくぐもっていたが、相手が茶屋だと分かると、機嫌をよくしたような明るい声に変わった。

彼はまた、最近、金堀を見掛けているかと尋ねた。

「この前、お話ししたあとは、見掛けていませんが、なにか？」

「金堀さんは、きのう、自宅にいたかどうかを知りたいんです」

「きのう。……わたしはお会いしていませんし……」

分からないという。

金堀は、新聞を購読しているだろうかと訊いた。

「わたしは取っています。金堀さんは取っていましたけど、やめたようです」

宅配購読していれば、部屋のドアポストに差し込まれるので、早朝か、夕方それが分かるというのだ。

彼女は、金堀と関係のありそうな事件でもあったのかと訊いた。

他人のアリバイを問い合わせているのだから、いい加減な返事はできなかった。

「じつは、金堀さんの知り合いだったと思われる女性が殺されました。先月の二十一日の深夜につづいて二件目なんです」

「二件も。……その事件には、金堀さんが疑われるような根拠でもあるんですね？」

「あります」

茶屋は、はっきりといった。

「わたし、なんだか、背中がゾクゾクっと。茶屋さんにお会いして、その疑いの根拠をうかがいたいです」

茶屋は、近日中に会いましょうといった。

彼女はきょうから、金堀の部屋の窓辺を注意して見るし、夜間に灯りが点くかを確かめるようにするといった。

金堀の在宅や不在を知るため、深入りはしないようにと、茶屋はつけ加えた。

糸島未砂は、明らかに殺害されたのだったから、捜査当局は怨恨《えんこん》の疑いも視野に入れ、彼女の身辺を入念に洗うだろう。

彼女の兄の英俊が北アルプス登山で、遭難死したことを知る。だが、その死亡にいたる過程を詳しく調べるだろうか。山行に同行したリーダー格の金堀文貴が、糸島に何か月かにわたり登山をさかんにすすめたこと、初山行の彼に装備のアドバイスをしたこと、携行食は金堀の手によるクッキーであったこと。それよりなにより、二人が実際登ったコースが目的地への正規のコースでなく、山の心得のある金堀が、深い残雪のある西斜面で、不審な8の字登降を繰り返していたことなどをつかむだろうか。

ある捜査員が、未砂の兄が残雪の山で死亡した事実をつかんできても、捜査指揮を執《と》る幹部が、「たまたま被害者の兄が山で遭難死しただけ」と受け取り、遭難死を取り巻く諸々《もろもろ》の条件を知ろうとしなければ、不運なことに糸島家には災難がつづいた、程度で、未砂には被害に遭う理由があったか、「加害者は侍の扮装をしていたので、人を斬りたくなった。いや、いつか人を斬ってみたいという衝動に突きあげられていたので、日光江戸村を格好の場所と決めた。刃物を懐《ふところ》にしのばせ、脇差しに手をやって、適当な標的があらわれるのを、甲州屋という建物の前で待ち伏せしていた」と見立て、その方針にしたがって捜査員を動かすかもしれない。

警察がどう動こうと、茶屋の思いつきで動く取材に変わりはない。が、気になる男の顔が浮かんだ。日光毎報記者の浜田だ。

浜田は、未砂の被害を知ると、先月、自宅近くの鬼怒川で変死した富坂加奈子を結びつけたようだ。加奈子も未砂も、糸島英俊の遭難死を疑っていた。彼を山に誘った金堀文貴に疑惑の目を向けていたにちがいない。二人は、糸島の遭難は、金堀によって仕組まれた死、とにらんでいたのではないか。二人は、金堀に白い目を向けただけではなかったような気がする。


テレビ番組制作のテレタイムは、地下鉄赤坂駅と通路でつながっているビルにあった。

茶屋が新垣に電話すると、テレビ局前のビル内のカフェで会いたいといった。

ブルーの半そでシャツから、毛の生えた太い腕の出ている新垣は、バルコニー席のパラソルの下にいた。日中だが、ビールのジョッキを口にかたむけている客も何人かいる。

「日光江戸村での撮影スケジュールは、部外者にも洩れていたでしょうか？」

茶屋はアイスコーヒーを頼んだ。

「スケジュールを宣伝したわけじゃありませんが、撮影スタッフや一部の社員が部外者に話していたことは考えられます。茶屋さんは、未砂を狙っての犯行とみていらっしゃるんですね？」

「彼女の兄さんの遭難死がありますので。未砂さんは、兄さんの遭難死に疑問を持っていましたが、それを新垣さんはご存じでしたか？」

「知っていました。未砂から、茶屋さんを事務所に訪ねたことも聞いていました。しかし私は、山の遭難になにか仕掛けがあったんじゃないかっていう未砂の疑いに対して、どうかなって思っていました。兄さんは、たしかに初登山だった。危険だとか、山を登る自信がなかったら、たとえベテランにすすめられても、断わればよかったんです。ベテランでも、天候の変化や、想像以上の残雪帯に出合ったりして、正規のコースをはずれて迷うことはあります。人が住んでいる場所じゃないし、迷ったからって、だれかに訊くわけにはいかないんです。私も何年か前、テレビドラマのロケハンに三人で登った山で、季節はずれの吹雪《ふぶき》に遭って、死ぬ思いをしました」

新垣は、未砂が金堀文貴に深い疑いを抱いていたことまでは知らないようだ。

「未砂さんは、事件に遭うまでの間に、なにか身に危険を感じたことはなかったでしょうか？」

「さあ。聞いたことはありません」

茶屋は、富坂加奈子の変死を話した。殺害が濃厚とみられている変死事件である。被害者の彼女は、わざわざ上高地までいって、糸島英俊の遺体収容にあたった山岳救助隊員に会い、現場のもようなどの説明を受けていた。

未砂も、加奈子と同様に、兄である糸島の遭難死に腑《ふ》に落ちない点があるといって、現場へ登った茶屋に会いにきたのだった。

「富坂さんと未砂が、糸島英俊さんの遭難死に疑いを持ったということは、一緒に登った人に、判断ミスなどの落度があったんじゃないかとみたんですね」

新垣は、不精髭が伸びた顎に手をやった。

「糸島さんと一緒に登ったのは、登山経験を積んでいる金堀文貴という人です。彼はどうやら、正規のコースを登ってないようなんです」

「どういうことですか？」

「蝶槍の稜線コースを常念岳へ向かう途中、コースを逸れたために迷う結果となってしまったといっていますが、それは嘘で、径迷いは偽装だったんじゃないかと、私は疑っているんです」

「偽装……。初めから常念へ登るつもりではなかったと？」

「糸島さんが亡くなった現場付近へ、正規のコースだといって登らせて、残雪帯の一定の範囲を、ぐるぐる歩きまわっていた形跡があるんです。初登山の糸島さんを、歩きまわらせて疲れさせた。動けなくなるまで歩かせたといったほうが、あたっていそうです」

「計画の落度や判断ミスじゃなくて、金堀という人は遭難を仕組んでいたというんですね？」

「富坂さんと未砂さんは、そうではないかという疑いを持ったので、遭難現場に立った救助隊員や私の話を聞きにきたんです」

「金堀という男は、糸島さんに殺意を抱いていて、それを山で実行したというわけですか」

新垣は、太い腕を組むと、金堀の殺害動機はなにか、と訊いた。

茶屋は首を横に振った。

金堀に殺意があったのではと思われるのは、彼の身辺データからの推測である。彼には、糸島に恨みでもあったのか、秘密でもにぎられていたのか、それとも、なにか事を起こすための障害になる人物だったのか。

「茶屋さんは、富坂さんと未砂を消そうとしたのは、金堀だとにらんでいるんですね?」

「疑わしい人物とみています」

「富坂さんと未砂は、金堀に直接会って、彼を追及するようなことをしたんでしょうか?」

「直接会わなくても、身辺や、山行過程を調べていることが知られたのかも」

「金堀が計画的に糸島さんを殺したのだとしたら、彼女たちは危険な人物に接近していたわけですね」

「二人は、ある対象を調べていながら、自分の身を守ることを見落としていたんじゃないでしょうか」

「富坂さんは、深夜の帰宅途中に、未砂は観光地で盲点を……」

新垣は唇を噛むと、ビルのあいだを行き交《か》う人たちの流れへ顔をやった。歩いている人たちは夏姿になっていた。広い鍔《つば》の帽子の女性もいた。黒い物を重たそうにかついだ五、六人の男たちが、テレビ局のほうへ足早に消えていった。

「兄さんは、殺されたんだと分かってたら、未砂をあそこへは連れていかなかった」

新垣は、歯ぎしりするようにいった。

4

珍しいことだが、茶屋がまだ目覚めないうちにサヨコが電話をよこした。きょうは体調不良なので休む、という連絡なのかと思ったら、

「日光江戸村の事件の犯人、ズルいやつですよ」

彼女はいきなりそういった。たったいま朝刊を読んだという。

茶屋は、ベッドを抜け出し、冷蔵庫から出した水をグラスに注いだ。

「聞いているんですか？」

「聞いてる。どうズルいんだ、犯人は？」

「日光江戸村の変身処の侍の着物には、糸島未砂さんの血痕はついていなかった」

「そうだったか」

茶屋は冷たい水を一気に飲んだ。

「血痕はついていないはずです。犯人は江戸村では侍の衣裳を借りていない。自分が持ってきた物を着て『変身』して、犯行を終えるとそれを持ち去ってしまったんです」

犯人の男は、変身処で貸し出している衣裳に酷似《こくじ》している着物と帯を持参したのだと、新聞には書いてあるという。

犯人は、自分のデータをできるだけ捜査当局に与えたくないのだから、衣裳を用意してきても不思議なことではない。

茶屋は、パジャマ姿のまま、じっくり朝刊を読んだ。記事には、甲州屋から出てきた不審な男を見た人が複数いるとあった。その男は四十代見当で、身長は一七〇センチあまりと記憶されているという。

牧村からも電話があった。彼は、名川シリーズ「鬼怒川」の二回目の原稿には、日光江戸村の事件を入れるようにといったあと、

「日光江戸村の甲州屋から出てきた不審な男の、年齢、それから体格は、先生が山の遭難で怪しいとにらんでいる男と、似ていますか?」

と訊いた。

「私がにらんでいる男の、正確な年齢は四十二歳。身長は一七二、三センチ程度で、中肉

といったところだね」

「似ていますね。……先生は、金堀という男に、会う予定はないんですか？」

「会うべきかどうかを、考えているところなんだ」

「彼は、何人かを殺しているかもしれない人間ですから、先生はビビっているんじゃ？」

「警戒はしている」

「会った瞬間、背中へ突き抜けるようなドスが、腹に刺さる……」

「あんたは朝から、面白がっているようだね」

「茶屋先生の腹に、ズボッとドスが刺さったら、どんな色の血が噴き出るか、想像しただけで、背中がゾクゾクっと……」

最近、同じような言葉をだれかからも聞いたような気がした。

茶屋が金堀に会ったところで、「あなたは、糸島英俊さんを殺す目的で山行を計画しましたね」などと検察官のようなことを訊くわけにはいかない。それと会うことによって、茶屋の肚のなかをある程度明かす結果になる。これは危険だ。牧村がいうように、腹にドスが突き刺さらなくても、思いがけない場所で危害を加えられる可能性がある。

金堀に会うのはあとまわしにして、鬼怒川温泉へ転居した糸島冬美に会ってみたくなった。彼女に、現在の金堀をどうみているかを訊きたい。金堀とは秘密の関係なのかについて、さぐりを入れてみたい。金堀と特別な間柄だったとしたら、夫が北アルプスから無事もどらなくなるのを予知していたことになりはしないか。

六月三十日の昼すぎ、茶屋は鬼怒川温泉に着いた。

駅前の広場には観光客らしいグループが何組もいた。ホテルの送迎バスに乗っていく人たちもいたし、黄色の小旗を手にした人を囲んでいるグループもいる。

茶屋は、駅前の交番で糸島冬美の住所への地理を尋ねた。力士のように肥《こ》えた警官がテーブルに地図を置いて、「この辺なんです」と、ボールペンの先をあてた。そこは鬼怒川左岸の元湯通りの山側だ。くろがね橋と滝見橋の中間地点だと見当がついた。道路の川側にはホテルが三軒あるが、そのうちの一軒は閉鎖されているのを、この前そこを牧村と一緒に歩いたときに見ている。

薄曇りの空が裂けたように、急に強い陽差しが照りつけた。前方を歩いていた女性が日傘をさした。

日曜のせいか、この前ここを歩いたときよりも、車の往来が頻繁《ひんぱん》だ。川治温泉からの客を乗せているらしい観光バスが下ってきた。

小さなリュックを背中にのせた若い女性のグループのあとを追うようにいくと、廃業したらしいホテルのあたりから、子どもの甲高い声が聞こえた。

交番で聞いた道を、茶屋は右に折れた。企業の保養所らしい建物が二棟木立ちに囲まれていた。その先に平屋の家があって、そこが糸島冬美の住所だと分かった。表札は出ていなかったが、声を掛けると、女性の声が返ってきた。四角いガラス窓のついたドアが開いて、冬美が顔をのぞかせた。

「あら、茶屋さん」

彼女は一瞬、笑顔を見せた。色白の面長が、前に会ったときよりも若く見えた。

「どうぞ。せまいところですけど」

彼女は、上がり口へ膝をついて、たたきの靴とつっかけを端に寄せた。

冬美は、夫の件では世話になったと挨拶してから、鬼怒川右岸の粋松閣《すいしょうかく》ホテルに勤めているといった。

「粋松閣は、大きなホテルでしょ？」

茶屋は、左岸から川沿いに並ぶ白い大ホテルを眺めたのを思い出した。

「鬼怒川温泉では、二番目か三番目に大きなホテルです」

シフト勤務制で、きょうは午後三時に出勤することになっている、と冬美はいった。

小さな花を散らしたシャツにジーパン姿の彼女は、小ぶりの座卓にお茶を置いた。

「どんなお仕事なんですか？」

茶屋は、後ろで結わえている黒い髪の生えぎわのあたりに目をやった。

「まだ慣れていませんが、きょうは、お夕食の席へお料理を運ぶ仕事です。四組のお客さまを受け持つことになっています」

彼女は、話すときの癖で、目を細めたが、望んだ勤めではないといっているようだった。

彼女の母の治子《はるこ》は、対岸にあたる滝見通り近くに住んでいるという。冬美には十歳の長男有呂《ゆうろ》がいる。転居してから有呂は治子のもとに住んでいる。地元の小学校へ通っているが、一日おきぐらいに滝見橋を渡って、ここへやってくる、と彼女は母親の顔を見せた。

「こっちへきてから、すぐに友だちができたので、ほっとしました。さっきは友だちが呼びにきて、公園へ遊びにいきました」

茶屋は、それはよかったといって、うなずいた。

この鬼怒川温泉へ転居してから、金堀に会ったかと茶屋は訊いた。

冬美は、否定するように首を横に振ってから、一昨日、東京での糸島未砂の葬儀に参列して、その席で金堀を見掛けたといった。

未砂は、明らかに殺害されたのだった。その前に富坂加奈子が変死を遂《と》げている。茶屋は、生前の加奈子を知っている人たちの話から、他殺はまちがいないとみているし、警察も殺人の線で捜査しているようだ。

茶屋が、日光江戸村においての仕事中に、痛ましい被害に遭った未砂の話に触れかけたときである。

「おばさん、おばさん」

外で子どもの激しい声がした。それは悲鳴のような呼びかただった。

冬美は、風を起こすように立つと、玄関へ走った。ドアが開くと、外にいる子どもの声が大きくなった。

茶屋も玄関で靴を履いた。十歳ぐらいの男の子が二人いた。その二人はここへ走ってきたらしく、肩で息をしていた。少年らの話によると、遊んでいた有呂は急に、『痛い、痛い』と叫んで倒れた。虫にでも噛まれたか刺されたらしい、といった。

「どこなの、有呂は？」

冬美は、たたきにあったつっかけを履いた。

少年の一人は腕を伸ばした。一人は、「あっち」といった。

冬美は、二人の少年と一緒に駆け出した。そのあとを茶屋は追った。

元湯通りを横切った。二人の少年が冬美を振り返りながら入ったところは、閉鎖されているホテルの脇の路地だった。そこは暗かった。路地の先が明るいのは、川岸へ突き抜けているからだ。

路地は途中から階段になっていた。階段を下りたところに同い歳ぐらいの少年が三人いた。彼らの足元に有呂は倒れていた。口で息をしている。冬美は有呂を抱きかかえた。

「救急車だ」

茶屋が叫んだ。ポケットのケータイを取り出して一一九番通報した。

有呂を入れて少年は六人いた。この薄暗いところでなにをしていたのかと、茶屋は彼らに訊いた。顔も肩幅もひときわ大きい子が、「これ」といって虫籠《むしかご》を前へ出した。

虫籠に目を近づけた冬美は、「ひゃっ」といって肩をちぢめた。震えはじめた。有呂の肩を抱いてはいるが、彼女の震えかたは異常だった。

「なんだ、それは？」

茶屋は一人の少年が持っている虫籠をのぞいた。脚の長い黒い虫が数匹、緩慢《かんまん》な動きかたをしていた。

「蜘蛛《くも》じゃないか」

彼の言葉が耳に刺さったように、冬美はまた悲鳴をあげた。「いやっ、いやっ」といって、有呂をかかえて階段をのぼろうとした。

茶屋も気味悪い思いをしたが、もう一度虫籠に目を近づけた。体長は五ミリから八ミリぐらいだ。どこかでこの蜘蛛の写真を見たことがあるような気がした。

思い出した。写真を事務所で見て、サヨコかハルマキと感想を話し合った記憶がある。

彼は、事務所へ電話した。

ハルマキが応えた。

「ずっと前のことだと思うが、蜘蛛の写真を見たことがあったよな？」

「蜘蛛……。ひゃっ。なんなの、いきなり蜘蛛だなんて」

「そうだ。おまえが悲鳴をあげたんだ」

電話をサヨコが代わった。

蜘蛛がどうしたのかと、サヨコは冷めた訊きかたをした。茶屋は、川沿いの廃屋の薄暗がりで、少年がつかまえた蜘蛛を見たところだといった。

「先生、それ危ないよ。毒蜘蛛だよ、それ。嚙まれると、大変なことになるよ。死にはしないでしょうけど……」

サヨコは、毒蜘蛛の写真を見たとたんに、ハルマキが真っ蒼になったのを覚えていた。

「先生、それ、たぶんセアカゴケグモです。そんなもので、子どもたち、遊んでるんですか？　あ、救急車のサイレンが……」

茶屋は電話を切った。

冬美と有呂は、救急車に乗せられた。たぶん市内の病院で応急処置を受けるだろう。

母子が運ばれる救急車を見送った茶屋は、五人の少年に話を聞くことにした。

「東京の大学の先生だっていうおじさんがやってきて、なにかの実験に必要だから、この辺に巣をつくって棲《す》んでいる蜘蛛を集めてくれっていったんです」

顔と肩幅の広い少年がいった。

「どんなおじさんだった？」

彼らは首をかしげたが、普通の人だ、といった。赤い物や、ミカンのような色の上着は着ていなかったようだ。

その人は蜘蛛が一匹入っている虫籠を少年たちに見せて、閉鎖しているホテルの建物付近にはそれの巣があるはずだといった。少年らは面白がって蜘蛛をさがすことにした。三十分ほどすると一匹が見つかり、その近くから何匹かを見つけて、つかまえたのだという。

5

茶屋は、きょうも銀屋ホテルに泊まることにしていた。フロントに立つと、茶屋宛てにファックスが届いているといわれた。

発信人はサヨコだった。

［セアカゴケグモ

オスは体長2～5ミリ、メスは7～14ミリ。体は黒っぽく、メスの背中に赤い斑点があるのが特徴。

もともとオーストラリアの生息とされており、日本では1995年9月に大阪府で初めて確認されて以来、工場内、公園のブロックの隙間、墓石の隙間、道路側溝の蓋など から発見されている。

強い毒性を持っているが、もともと攻撃性はなくおとなしいという。

嚙まれた場合、痛みを感じ、発汗や吐き気などの症状が出ることもある。

病院では痛み止めの注射などで対処するが、医師の判断でオーストラリアから輸入する血清を打つこともある。西日本ではセアカゴケグモの目撃情報が多いことから血清を準備している病院も多い。

兵庫県尼崎《あまがさき》市では2012年9月5日、橋の下の歩道の側溝内で100匹以上のセアカゴケグモが発見された。被害はなかったが、警察や市が確認すると、約100メートルにわたって巣をつくり生息していた。

セアカゴケグモはこれまでは西日本での目撃例が多かったが、群馬県、宮城県で確認されるなど全国各地で発見されている。

国立環境研究所（茨城県つくば市）によると「外来種は日本にきてから10年程度で急増する」という。ただ、セアカゴケグモの研究は進んでおらず、どのように日本に入ってきて、どこにどのくらい生息しているのか、実態は分かっていない。

国内の死亡例はないが、「刺されたときにショック症状を起こして死に至る可能性は十分考えられる」と、同研究所はいっている。（日本経済新聞）」

茶屋は、冬美に電話して、有呂の容態を訊いた。

「ご心配をお掛けして、すみません。病院では注射を打ってくれました。しばらく寝《やす》んでいましたけど、歩いても大丈夫というものですから、さきほど帰ってきました」

彼女は、有呂と一緒に実家にいるのだといった。勤めは休んだのだろう。

彼は、有呂が嚙まれたのはセアカゴケグモではないかとはいわなかった。

「わたし、子どものときから、虫がダメなんです。どんな虫を見ても、胸がドキッとしますし、寒気を覚えることもあります」

彼女のいう虫とは、蚊《か》や蠅《はえ》のことではないだろう。

茶屋も、虫は苦手のほうだ。ふいに毛虫を見るとゾクゾクっとする。小学生のときだったが、毛虫が嫌いだといったことからクラスメートに、「ヨワムシ」と呼ばれた。隣の席の生徒が畑で毛虫と芋虫をつかまえてきて、茶屋の机へ這わせた。彼は大声をあげて教室を飛び出した。以来、「チャワンムシ」というアダ名も付いた。

夕食のあと茶屋は、スナックとちの実へいった。客はいなかった。カウンターのなかで、千依子とママがにらみ合いのような顔をしていた。

「あらぁ、茶屋先生。わたしのこと、忘れなかったんですね」

千依子は両手を広げた。カウンターがなかったら、抱きついてきただろう。

ママも目尻を下げた。

彼がまだなにも注文しないのに、ママはビールの栓を抜くと、三つのグラスに注いだ。

「ゆうべ、牧村さんから電話がありましたよ」

千依子は、砂漠で水に出合ったように一気にビールを飲み干した。

「なにか用事でも？」

茶屋は半分ほど飲んだ。

「牧村さんね、わたしに、東京へ出てこないかって」

「遊びにこないかって、いわれたんだね？」

「そう。一泊でも二泊でもいいって。うんとおいしいものご馳走するからって。東京スカイツリーへも連れていってくれるって」

「ふうん。この前ここへきたときの牧村は、酔って眠ってたと思うけど、あんたのことを覚えてたんだね」

「よく覚えてるって。昼間、見掛けたときから、忘れられなくなったって」

「そんな見えすいた嘘を」

「嘘なんですか？」

「嘘に決まってるじゃないか。牧村は、若いあんたと飲みたいだけだ。それから……」

「それから？」

「分かるだろ。一泊か二泊しなさいっていったんだ」

「牧村さん、奥さんいるんですか？」

「子どももいる」

「東京なんか、いくんじゃないよ」

ママは手酌で飲《や》りながら、太い声を出した。

「先生は、独身なんでしょ？」

千依子には、ママの声が聞こえなかったようだ。

「私は、独り者だよ」

「ほんとなんですね？」

千依子は、棚からウイスキーのボトルを下ろした。

今夜の彼女はなぜ、茶屋は独身なのかを念を押すように訊くのか。

「わたしね、結婚したいんです。いま結婚しないと、嫁《い》き遅れるって思ったんです」

「それで、私に？」

「先生となら、きょうからでも。……やさしいし、いつもおいしいものを食べに、すてきなお店へ連れてってくれるでしょうし」

「あんた、今夜はどうかしてるよ」

ママだ。「あんたみたいな女はね、お嫁にいっても、三日と経たないうちに追ん出されるよ。食って、飲んで、寝るだけなんだもん」

「変わった母親でしょ、先生。たいていの母親は、いい男の人を見つけて、早くお嫁にいきなっていうのに、うちのママは、男の人はみんな、下心だけだっていって、男の人のいうことを信用するなって。……さっきまでそのことで、いい合いしてたの」

彼女は、濃いめの水割りをつくった。

二十六歳だという千依子は、色気のある可愛い顔をしている。ママは、食って、飲んで、寝るだけといったが、肥えてはいない。白くて丸い頬は指でつつきたくなるくらいだ。茶屋は、あからさまにものをいう母娘に興味がわいたので、千依子には恋愛経験があったのだろうと訊いた。

千依子はなぜだか、グラスに口をつけながら上目遣いになった。

「この娘《こ》は二度、家を出ていったんです」

ママがいった。

「お嫁にいったんですね？」

「お嫁というか、この娘を好きになった人がいてね、きてくれきてくれって、しょっちゅう電話してきたんです」

「日光の人ですか？」

「新潟県のなんとかいうとこの、農家の人」

「十日町《とおかまち》」

千依子が、力を込めるようにいった。

新潟県十日町市の人は、二十人ばかりの団体で日光と鬼怒川温泉の旅行にやってきた。そのうちの十五人が、とちの実へ飲みにきた。三十三歳のずばぬけて体格のすぐれた青年が、千依子を見初《みそ》めて、帰宅した日から電話をよこすようになった。電話のたびに彼は、『おれは、うまい米をつくっているし、ここでできる酒は日本一うまい』といった。

千依子は、彼の言葉に惹《ひ》かれるように、旅行鞄に肌着だけ詰めて、十日町市へ彼を訪ねた。彼の家には、両親、弟が二人、祖父母、離婚してもどってきた父の妹がいた。彼が電話でいったとおり、米も酒もおいしかったが、彼は毎日、夕方になると酒を飲みはじめ、ろくに夕食を食べず、大いびきをかいて寝てしまう。千依子が彼の横の布団に入ると、彼の二人の弟がのぞきにくる。彼女の寝姿を夜中にのぞいているのは、二人の弟だけではなかった。べつの透き間から祖父がのぞいているのに千依子は気づき、薄気味悪くなり、鞄を持ってもどってきたのだという。

「十日町市の農家には、何日いたんですか？」

茶屋は、ママに日本酒を注がれながら訊いた。

「十日はいなかったと思う」

千依子が答えた。

「もう一度は？」

東京から、鬼怒川温泉のホテルの改修工事にきていた男の目に、千依子の器量とからだはとまった。その男は一か月ぐらい滞在していて、ほとんど毎晩、とちの実へ飲みにやってきた。

「何歳の人？」

茶屋が訊いた。

「先生と同じくらい」

茶屋は四十三歳だ。

「あとで分かったんですけど、その人、三つ歳を若くいってました」

その男は独身だといっていた。工事がすんで東京へ帰ると、サカナや珍味などを千依子宛に送ってよこした。手紙が添えてあり、それには「千依子さんがそばにいてくれたら、ぼくは日本一のしあわせ者だ」などと書いてあった。彼からの贈り物には、当然だが住所が書かれていた。そこは鬼怒川温泉から東武《とうぶ》線でつながっている墨田《すみだ》区東向島《ひがしむこうじま》だった。

日曜日。千依子は下着を詰め込んだ旅行鞄を提げて、浅草《あさくさ》に着いた。彼に電話すると、三十分ぐらいで雷門《かみなりもん》前へあらわれ、人混みのなかで彼女を抱きしめた。

彼は彼女をすぐにホテルへ連れていった。

夜になると彼はホテルに彼女を残して、帰宅した。次の日は、夕方、彼女をホテルから外へ呼び出して食事した。一緒にホテルにもどるが、彼は夜中に家へ帰った。

千依子は昼間、彼の住所をさがしあてた。

壁のタイルがはがれ落ちた古いマンションの一階だった。部屋のドアの前には子ども用の三輪車と、空気を抜いたビニールプール、子ども用の傘と野球バットが、捨てられたように置かれ、ビニール傘の一本は、子ども用の黄色い長靴に差し込まれていた。千依子は吹きだまりのようなドアの前を、二時間ばかり見つめていた。瀬戸内海《せとないかい》や玄界灘《げんかいなだ》の、生き返りそうなサカナを送ってくれ、千依子の肌をサクラの花びらにたとえた人の住まいとは思えなかった。

そのドアへ、幼い子を二人、引きずるようにして背の高い痩せた女が入っていった。女は入るとき、傘とバットを足でどかした。

千依子は、それまでにない寒気を覚え、浅草駅へ走って向かった。

鬼怒川温泉の家へもどった千依子は、二日間、なにも食べずに眠った。

目を覚ますと彼女は、店のカウンターで、ご飯の上にたまり漬けをのせてお茶をかけたのを二杯食べた。その茶碗に日本酒を注いで飲み、ふうっと息を吐くと、ママを向いて、

『わたしのことを、バカ正直で、明るくて、涙もろくて、気が利かなくて、自分のことしか目に入らない女だけど、悪い子じゃないから、お願いします、なんて、店へきた男に、

コンリンザイいうんじゃないよ』と怒鳴った——

とちの実を出た茶屋は、川音がのぼってくるくろがね橋の上から、牧村に電話した。

牧村は、歌舞伎町のチャーチルに着いたところだという。

茶屋は、とちの実の母娘から聞いた話を伝えた。

「ぼくは、そういう女が好きなんですよ」

牧村は、まだ酔っていないらしい。

「そういう女って?」

「決まってるでしょ。千依子、千依子ですよ。別れるとき、むずかしいことをいわないでしょ」

「いま、あんたの横には、日本人ばなれした彼女がいるんじゃないのか?」

あざみはいま、化粧直しに立っていったという。

六章　くろがね橋の陽差し

1

きのう、廃屋となったホテルの脇で、蜘蛛をつかまえていた少年に茶屋は会うことができた。

糸島有呂は、きょうは学校を欠席したという。

公園で遊んでいた少年たちに、蜘蛛をなにかの実験に使うのでつかまえてもらいたいといった男のことを、もう一度訊きたいといったのだ。

男の歳格好を思い出してくれないかというと、茶屋と同じぐらいだと、顔幅の広いAという子が答えた。

その男は、虫籠にサンプルの蜘蛛を入れてきて、『もう五、六匹必要なんだ』と、少年たちに頼んだ。少年たちを廃屋のホテルへ連れていったのもその男だった。『この蜘蛛は、こういうところに巣をつくって棲んでいる』といった。そして彼は、少年たちが蜘蛛をさがしているあいだ一緒にいたのを、Aは思い出した。

「糸島君が、痛いって叫んで倒れたとき、そのおじさんは、どこに？」

Aは瞳を動かし、いなかったと思う、と答えた。

男がその場にいれば、子どもが一人倒れたのだから、なんらかの処置をしたはずである。

「糸島君は、そのおじさんのことを、知っている人とはいわなかった？」

「いいません」

「知らない人だったんだね？」

「そうだと思います」

「糸島君は、お母さんと一緒に救急車で運ばれていったが、蜘蛛をつかまえてくれといったおじさんは？」

「いませんでした」

「蜘蛛をつかまえてくれって、あんたたちに頼んだんだから、虫籠を受け取りにきただろうね？」

「きません」

「虫籠はどうしたの？」

「あそこへ置いて、家へ帰りました」

茶屋は、きのう、有呂が倒れた現場へいってみた。Aは虫籠を階段へ置いたといったが、見あたらなかった。たぶん消防からの連絡で、警察が虫籠を持ち去ったものと思われる。籠のなかには毒蜘蛛が入っている。それに嚙まれると激痛がはしる。いわゆる危険物なのだ。

冬美を彼女の実家に訪ねた。

有呂は椅子に腰掛けておやつを食べていた。あすは学校へいける、と冬美の母がいった。

茶屋は、有呂の友だちのAから聞いたことを冬美に伝えた。少年たちに毒蜘蛛をつかまえさせた男の心あたりを訊いた。

彼女は肩をちぢめるようにし、下を向いて、首を横に振った。

「私と同年配ということです」

茶屋は、有呂にも聞こえるようにいった。

「分かりません」

冬美は、なお強く首を振った。

有呂は、母の怯《おび》えるような姿を見ながら、見覚えのない男だと答えた。

茶屋はまたも、新宿花園神社隣接地のマンションに住んでいる宮浜渚に電話した。金堀文貴の隣人である。

「あーら、茶屋さん、こんにちは。もう七月ですね。夏は嫌いじゃないですけど、きょうのようにムシムシする日、苦手なんです」

彼女は、喉にためていたものを一気に吐き出すようにいった。自宅で独り机に向かっているので、だれかと話したかったのではないか。

茶屋は、鬼怒川温泉にいるといい、緑の山にはさまれているせいか、風がさわやかだといった。

「有名な温泉地なのに、わたし、いったことがありませんの。景色もいいところなんでしょうね」

茶屋は、深い谷川の両岸にホテルが建ち並んでいる風景を話した。

「ホテルがそんなに何軒も。わたしは、山あいのひっそりとした温泉地を想像していました。……新宿から二時間なんて、便利なんですね。……わたし、温泉へいったの、いつだったかしら」

もしも茶屋が、ここへこないかと誘ったら、「これからでも」と彼女はいって、駆けつけそうな気がした。

「いつも同じことをうかがうようですが、金堀さんはきのう、自宅にいたでしょうか？」

「きのうは、昼間も夜も、外から見ましたけど、お留守《るす》のようでした。夜は、八時と十一時すぎに窓を見ましたけど、灯りは点いていませんでした」

ベランダに、物も干していない、と彼女はつけ加えた。

茶屋は、いま一度冬美に会ってみることにして、くろがね橋の対岸を眺めた。と、白い袋を手にした冬美が橋を渡ってくるところだった。彼女は顔を隠すように俯《うつむ》いていた。つぎつぎに起こる災難に骨身の凍る思いをこらえているようだ。

橋の中央部で彼女は足をとめた。手提げ袋から取り出したケータイを見てから、耳にあてた。顔が上下した。爪先を立ててからだをくるりと回転させた。その背中は、よい報《しら》せを受け取った人のように見えた。

茶屋は、河川遊歩道へ逸れて、通りすぎる冬美を見送った。彼女と話し合おうとしていた意思を失った。彼女は電話を受ける前とは別人のように姿勢と歩きかたが変わっていたからだ。

彼女は、夫を失い、夫の係累や知人が災難に遭い、きのうは、わが子に奇禍《きか》がおよんだ。そのためだろうが、数分前まで、襟元をつまんで胸を囲むようにしていたのに、橋を渡りきった顔は、頭上の黒雲が割れて差し込んだ夏の陽に、語りかけるように晴れやかだった。茶屋は、流れの音をかすかに伝えている岩に手を置いて、上を向いて去っていった糸島冬美という女の陰と陽を考えた。

茶屋は花を買った。鬼怒川公園駅前を通って路地を入った。富坂松江を訪ねたのだ。

玄関のガラス戸が開くと、線香の香りを嗅いだ。

家のなかを明るくする色どりを選んできたのが松江には通じたらしく、彼女は加奈子の遺影に語りかけながら花を活けた。

茶屋は、冬美の息子が蜘蛛に噛まれて、病院へ運ばれたことを話した。黒い蜘蛛を何匹もつかまえてくれと、少年らに頼んだ男がいたことも話した。

松江は顔色を変え、頬に手をやった。

「その男の人……」

彼女はいいかけて口をつぐんだ。男の名をいおうとしたにちがいなかった。

「鬼怒岩橋から三〇〇メートルばかり下流に、湯の屋《ゆや》というホテルがあるのを、ご存じですか？」

松江は頬を押さえながらいった。

「滝見通りから、そのホテルを見た覚えがあります」

たしか入口が重厚な和風だった。

「おとといですが、そこの駐車場で金堀さんを見掛けました」

「おとと い……」

「午後四時ごろでした」

「金堀さんは、駐車場でなにを？」

「車を降りたところでした」

「あなたは、声を掛けましたか？」

「いいえ。とめてある車のあいだから、ちらっと見ただけです」

「金堀さんは、独りでしたか？」

「独りのようでしたけど、すぐに姿は見えなくなりました」

茶屋は腕を組んでしばらく黙っていたが、外へ出ると、有馬さとみに電話した。以前、金堀商事に勤めていて、現在は四谷のカフェで働いている二十二歳だ。

茶屋は、最近、金堀に会ったかを訊いた。

「会っていません」

「金堀さんは、車を持っているでしょうね？」

「いまも持ってると思います。車好きの方ですから」

どんな車を持っていたかを、茶屋は訊いた。

「国産のいい車です」

「なんていう車だったか、覚えていますか？」

「レクサスです。白っぽいのです。わたし一回、その車を運転したことがあるので、覚えているんです」

ナンバーを訊いたが、彼女はそこまでは覚えていないといった。

「金堀さんは、もう会社をやっていないというのに、鬼怒川温泉へはちょくちょくきているんでしょうか」

松江が首をかしげていった。

「湯の屋ホテルにあなたのお知り合いはいませんか？」

松江は、いない、といってから、

「知り合いの人がいたら？」

と訊いた。

一昨日、金堀が宿泊したかを知りたいのだといった。

松江はうなずいた。茶屋がなぜ金堀の行動を知りたいのかを理解したようだ。彼女は、湯の屋ホテルの社員の知り合いがいるといった。

「その人に頼めば、便宜をはかってくれると思います」

松江は電話を掛けた。電話から男の声が洩れた。彼女は、「内密にね」といって用件を伝えた。相手は承知したようだった。

三十分ほどすると松江に電話があった。「内密にね」と頼んだことへの返事だった。

一昨日、金堀文貴は湯の屋ホテルに宿泊していたことが分かった。

きのう、公園で遊んでいた少年たちに、蜘蛛をつかまえてくれないかといって、サンプルを入れた虫籠を渡した男は、金堀の可能性が出てきた。金堀ではと思われる男は、冬美の息子の有呂の顔を知っていたのではないか。黒い蜘蛛はなにかの実験に使われるのではない。男の話を信用して廃屋ホテルの脇で、真剣に黒い虫をさがす少年たちの動きを観察していた。男はそこに毒蜘蛛が生息していることを知っていたのだろう。そしてあらかじめ一匹をつかまえて虫籠に入れていた。少年たちに見せるサンプルだ。男は、サンプルのほかにもう一匹を隠し持っていた。その一匹を、少年らのスキをついて有呂の背中に投げ込んだ。有呂が被害に遭えば、母親の冬美は震えあがるし、日常生活は混乱するだろうからと考えたものと思われる。

2

富坂加奈子と糸島未砂は、糸島英俊の死にかたに疑問を抱いていた。彼を初登山に誘った金堀文貴の責任を追及するつもりだったらしく、情報を集めていた。もしかしたら二人は、金堀に直接会って、登山装備のアドバイスやコースについて、不審な点があったのではないかと、責めたことも考えられる。金堀にとって彼女らは、うっとうしくて邪魔な人間だった。

そう考えると、加奈子と未砂は、金堀の手で始末されたという疑いが持てる。警察もマスコミも、金堀が二人を殺した犯人である可能性が濃厚とみて、証拠固めをしているだろう。

茶屋が首をかしげるのは、きのうの糸島有呂の被害だ。有呂と一緒に遊んでいた少年たちに接近してきた男は、金堀に似ている。金堀であったら、なぜ有呂に危害を加えたのか。

有呂が被害を受ければ母親の冬美は怯えるし、苦悩は増す。犯人はそれを狙ったとしか思えない。

富坂松江の話によると、金堀と冬美は特別な間柄のようだという。それが事実だとしたら、有呂を可愛がったり大事にしても、危害を加えるようなことは考えないだろう。それとも有呂は、金堀のことが嫌いなのか。母親と親しげにしているから汚らわしくて憎いのか。金堀にとって有呂は、邪魔で、小憎らしい子どもなのか。

しかし、有呂の被害が金堀のしわざだと分かったら、冬美は彼を避けるのではないだろうか。有呂が被害に遭った現場で、虫籠のなかをのぞいた冬美は、『ひゃっ』と叫んで肩をちぢめ、異常な震えかたをした。虫が嫌いなのだ。恐いのだ。過去に嫌な、恐い思いをしたことがあったのか。それを金堀が知っていたとしたら、母子に恐怖と不快を与えるのが目的だったのだろうか。

茶屋の網膜から、くろがね橋の上で電話を受けると、くるりとからだを回転させた冬美の姿が消えていなかった。鬼怒川を渡るあいだに、彼女は別人のような変わりかたをした。胸のしこりを抱いて俯いていたのに、急に快適な陽を浴びたように表情を変え、望んでいたものを手に入れたような晴れやかな顔をして、橋を渡りきった。橋の中央で電話を受けたときから、彼女は変貌をとげたのだった。彼女を別人のように変えた電話の相手は、いったいだれだったのか。

茶屋はタクシーに乗った。五十代と思われる男の運転手に、張り込みをするが協力してもらえるかを訊いた。

「結構です。時間メーターにしますか、それとも貸切にしますか?」

「とりあえず、メーター料金にしてください。長時間にわたりそうだと分かったら、貸切でも」

木立ちに囲まれた企業の保養所の横へタクシーをとめた。冬美の家の玄関は見えないが人通りは見えるのだ。人や車が通るたびに、茶屋は車を降り、木の陰から冬美宅をのぞいた。

冬美は外出するのではないか、と彼は予想した。彼女はきょうもホテル勤務を休むだろう。

「お客さんは、警察の方ではないですね？」

紺野《こんの》という運転手が訊いた。

「刑事には見えないだろうね」

「新聞社の方ですか？」

茶屋は、週刊誌に記事を書いているフリーの記者だといった。正確ではないが、似たようなものである。

張り込みをはじめて一時間がすぎた。西の山に陽が沈みかけたところへ、シルバーグレーの乗用車が冬美宅の前へとまった。国産の高級車だ。車を見た瞬間、金堀文貴がやってきたのだろうと思った。彼の所有車はレクサスだったと、元社員の有馬さとみはいったが、玄関前にとまったのはマークⅡだった。運転席にいるのは男だ。

茶屋は背をかがめ、木の幹につかまって首を伸ばした。

運転席の男は金堀ではなかった。顔立ちははっきり分からないが四十代だろうと思われた。

クリーム色のシャツに黒いスカートの冬美が出てきた。玄関ドアに鍵を掛けると、左右に首を振ってから車の助手席に乗った。車は茶屋の鼻先をかすめて走り去った。

茶屋の乗ったタクシーは、冬美を迎えにきた乗用車を尾行した。

シルバーグレーの乗用車は、元湯通りを下り、鬼怒川温泉駅前を通過し、国道１２１号を南へ向かった。品川《しながわ》ナンバーだった。

「飛ばしますね」

紺野がいった。

「東京へいくのかな」

茶屋はつぶやいた。

国道は山あいをつらぬいている。

走っている車が少ないから、乗用車の男に尾行を気づかれる危険がある、と紺野はいって車間距離をとった。

鬼怒川カントリークラブの白い看板が出ている角を左折した。まわりはまっ暗だ。角を曲がって三、四分走ったところで、車はまた左折した。闇のなかに紫色の灯りが見えた。車はその灯りをめがけるように闇を裂いて、いったん停止してから車ごと建物内に消えた。モーターホテルだった。

「どうしますか？」

出てくるまで待つ、と茶屋がいうと、宿泊かもしれない、と運転手はいった。

「その場合は？」

「宿泊の可能性のあることを、営業所に連絡します」

茶屋は、男を尾《つ》けたかった。身元を確認したいのだ。

いまのうちに食事を摂ろう、と茶屋が提案した。しかしこの近くにはレストランも、ラーメン屋もないという。

今市に近づけば、ラーメン屋はあるし、コンビニもあるという。徹夜の用意が要《い》る、と茶屋はいった。

「二人は何時にホテルを出てくるか分かりませんが、男の人は女性を自宅に送ってから、帰るでしょうね」

紺野はラーメンをすすりながらいった。

「男の家か勤め先は、東京かも。男が帰り着くところまで尾けたいけど、あなたは?」

「あしたになりそうだったら、交代の車をよこさせます」

今夜は眠るわけにはいかない、と彼は自分にいいきかせたようだ。

茶屋は、サヨコに電話した。

彼女とハルマキは、渋谷のいきつけのスナックで飲んでいそうな気がした。二人とも酒好きだ。酔うまで飲む。酔うと歌をうたいたくなる女たちだ。うたいはじめると喉が裂けるまでやめない。

「いま、帰る途中。電車内です。次の駅で降りて、掛けます」

五分後、サヨコは電話をよこした。

タクシーでホテルに入ったカップルを張り込むことにしているが、翌朝までかかることが予想される、と茶屋がいった。

「タクシーじゃ都合の悪いことがあるんですね？」

彼女は、茶屋がいおうとすることを呑み込んだようだ。

「わたしが、そこへいきます。列車で宇都宮までいって、レンタカーを……」

そういってからサヨコは、べつの方法を考えているらしく言葉を切った。

「こうしましょう。……うちへ帰って、うちの車でそっちへいきます。三時間もあれば着けるんじゃないかしら」

「そうしてもらうのがいちばんだが、きょうは飲んでないだろうな？」

「飲んでませんよ。うちに着いたら、着替えして、すぐに出発します」

彼女は、また電話するといった。

彼女の自宅の車は、だれかが乗って出掛けていることも考えられる。その場合、彼女は、宇都宮まで列車でくるのか。それとも知人か近所の家の車を借りるという手を使うのか。いい案を思いつかなければ、ハルマキに相談を持ちかけるだろう。

ラーメンで急な腹ごしらえを終えた茶屋と紺野は、ホテルの近くへもどった。

ハルマキが電話をよこした。

「これから、そっちへ向かいます」

さっき茶屋はサヨコに仕事を命じたのだったが、彼女はハルマキと連絡を取り合ったようだ。事務所ではいつも、眠たそうな目をしているハルマキだが、電話の声は事務的でするどかった。どうやら車を調達でき、二人でやってくるということらしい。

「こっちへ応援にきてくれるのは、会社の同僚の方ですか？」

紺野が訊いた。

「そう。頼りになる同僚です」

茶屋は答えた。

「頼りにできる人がいるって、いいですね。お客さんは、週刊誌の記者だとおっしゃいましたが、社員が大勢いる会社ですか？」

「いや。少人数です。下請けですよ」

「へえ。週刊誌には、下請けがあるんですか。……でも、面白そうな仕事ですね。人の秘密をつかんで、記事にする。秘密をつかまれたほうは、びっくりするし、困るんじゃないでしょうか？」

「ときには」

「あのホテルに入ったのは、有名な人なんですか？」

「いや」

「私は四年前まで、東京でタクシーに乗っていました」

「ほう。こっちの出身なんですね」

「日光の南の鹿沼《かぬま》です。……家内が病気で亡くなりましてね。独りになったら、東京に住んでいるのが嫌になって、友だちに相談して、こっちへもどってきたんです」

「お子さんは？」

「息子が一人。所帯を持ちましたけど、年に一度、電話をよこす程度で、家内の葬式以来、会っていません」

「奥さんがご健在のころは？」

「ええ。母親とはしょっちゅう会っていましたが、父親の私を好きでないようなんです。人に訊いてみると、そういう父子って、ほかにもいるそうですね」

紺野は、茶屋が買った缶コーヒーのプルタブを開けた。

右手の林へ闇を刺すような光が入り、車がホテルに吸い込まれていった。

冬美が乗った車がホテルに消えてから一時間半が経った。

東京でのタクシーの経験は長かったのか、と茶屋が訊いた。

「東京では十三年やっていました。いろんなお客さんを乗せるのはあたり前ですが、えらい目に遭ったこともあります」

「ほう。どんな？」

「渋谷のホテルの近くで、しばらく待っててくれって男のお客さんにいわれたので、とまっていたんです。三十分ばかり経ったころ、カップルがホテルへ入っていきました。それを見ていたお客さんは、車を降りて、そのホテルへ入っていきました。しばらくすると、救急車とパトカーがきたし、近くの交番の巡査もやってきたんです。お客さんはもどってこないし、どうしたのかって思っていたら、その人、パトカーに乗せられましたし、救急車には女の人が運び込まれました。……あとで知りましたが、私の車に乗っていたお客さんは、ホテルに入った女性をナイフで刺したり、切ったりしたんです」

「そのお客と女性は、どういう関係でしたか？」

「奥さんだったんです」

「奥さんが、男と一緒にそのホテルへ入るのを、予測していたんですね？」

「そうなんです。だんなは奥さんの浮気の証拠をつかむために、タクシーで張り込んでいた……」

紺野はそういうと、暗いなかで茶屋のほうへ首をまわした。茶屋は、「私は週刊誌の記者だ」と笑っていった。

3

ハルマキから、東北自動車道の羽生《はにゅう》を通過したという電話があった。間もなく利根川を渡るだろう。サヨコの運転は快調だという。

はしった。

「焦ることはない。慎重に転がしてくるように」

茶屋は、ウキウキしているような声にブレーキをかけた。

右奥の紫色のネオンの下に、車のライトが点いた。冬美が乗っているのではと、緊張がはしった。

闇を掃《は》いてソロソロと出てきた車は黒だった。

その車と入れ替るように、白っぽい車が入ってきた。いったん停止してから姿を消した。

ハルマキが、鹿沼を通過したと電話をしてきた。宇都宮からはどういったらいいか、と訊かれた。

電話を紺野に代わってもらった。

「宇都宮からは119号に入ってください。それが日光宇都宮道路です。今市から121号に岐《わ》かれて、鬼怒川温泉方面へ向かってください」

電話を切ると紺野は、車でここへ向かっているのは、「女性だったんですね」といった。

「そう。私の助手です」

紺野は暗い車内で、また茶屋の顔を確かめるように振り向いた。

冬美たちはホテルへ着いてから三時間を経過した。シルバーグレーの車は、なんの迷いもためらいもなくここへ入った。その走りかたは、これまでもここを利用しているふうだった。すると冬美は、何か月か前から迎えにきた男性と交渉があるということになるのではないか。彼と親交を深めたのは夫の糸島がいるときからか。

富坂松江の話だと冬美は、金堀とも特別な間柄だったらしいという。娘の加奈子が、冬美と金堀が会っているのを目撃しているということだった。加奈子は二人の姿を見た瞬間に、秘密の雰囲気を感じ取ったという。彼女の勘があたっていたとしたら、糸島の遭難死は、はたして金堀だけの計画と実行だったのだろうかという疑いが生まれるのだ。

今市から121号へ入って北へ向かっている、とハルマキが電話でいった。紺野は温泉地の名を彼女に告げた。ハルマキはナビゲーターでその温泉地を指しただろう。

十五、六分すると闇のなかから、

「ただいま左手に紫色のネオンを見ています」

と、サヨコが電話でいった。

サヨコとハルマキは、林のなかのタクシーへ歩いてやってきた。

茶屋は紺野に料金を払った。

「では、お気をつけて」

紺野は、茶屋と、車の外に立った若い二人の女性の正体を気にするように見てから、林を出ていった。

タクシーをとめていた位置へはまり込むように、サヨコが車を入れた。自宅の車だという。

「家からずっとサヨコが？」

茶屋が訊いた。

「そう。ハルマキは安全運転ができないから」

ハルマキがリアシートから、白い袋を差し出した。お茶とおにぎりだった。

茶屋は、温かみのあるおにぎりを食べた。

サヨコとハルマキは、道みち飲み食いしてきたという。

茶屋は、冬美という女が分からなくなったといった。

「いいじゃない、どんな女でも。普通の人よりちがっていれば、そのぶん名川シリーズは面白くなります。まず、牧村さんがよろこぶ」

「先生。コーヒーもありますよ」

ハルマキがいったところへ、紫色のネオンの下にライトが二つ光った。

茶屋はフロントに目を近づけた。ネオンの下を通過したとき車体の色が読めた。シルバーグレーだった。ライトは闇を裂いてノロノロと目の前を通過した。

「あれだ」

サヨコがハンドルをにぎった。彼女もハルマキも今夜の仕事の性質を心得てか黒いシャツを着ている。

対向車のライトがあたるたびに、助手席に乗っている冬美の頭のシルエットが見えた。予想したとおりマークⅡは、冬美を自宅へ送った。自宅の前で車内の二人の黒い影は重なった。

「男は、鬼怒川温泉か日光で泊まるかも」

サヨコはそういったが、男の車は121号を引き返した。ゴルフ場へ曲がる白い看板が見えた。男の目にもその看板は映ったはずだ。彼の頭には一瞬、一時間ほど前まで一緒にいた冬美の白い顔が浮かんだような気がする。

今市から日光宇都宮道路を使い、宇都宮で東北自動車道に乗った。鹿沼をすぎたところで左端に寄った。眠気をもよおしたのではないか。

彼の住所は東京のような気がする。冬美に会うためにやってきて、真夜中に帰宅するのか。彼女との関係は何か月も前からであったとしたら、彼女は東京・中野区に住んでいた。二人は都内でたびたび会っていたのか。そして五月初旬に、彼女の夫は金堀に誘われて北アルプスへ登った。そのときのザックを背負った夫の背中を、冬美は覚えているだろうか。夫は生還しないのを知っていたろうか。生還しないと分かっている人の背中に、『気をつけてね』といっただろうか。

運転を茶屋が代わることにした。

マークⅡは二十分ほどで走りはじめた。渡良瀬《わたらせ》川と利根川をまたいだ。

彼の自宅を突きとめた。練馬《ねりま》区で、箱を伏せたようなかたちの住宅は新しそうに見えた。「犬塚《いぬづか》」という表札を確認した。午前三時をまわっていた。

その家から十分ばかり走った。後方を見て、車を左端に寄せた。三人はなにもいわずに目を瞑った。

ドアを叩かれて目を開けた。車内に陽が差し込んでいた。また手荒くドアが叩かれた。ヘルメットをかぶった男の顔が窓に映っていた。何時間ぐらい眠っていたのか。茶屋は頭を振って目を覚まそうとした。

ヘルメットの男は、大声でなにかいっている。いくつかまばたきをして、その男が警官だということが分かった。窓をおろした。

「大丈夫ですか。ずっととまっているから、どうしたのかと思ったんです」

警官は、車内の匂いでも嗅ぐように鼻をヒクヒクさせた。

長距離を走行して、疲れたので、眠っていたのだと茶屋がいった。

「なあに?」

助手席のサヨコが茶屋の肩に腕を伸ばした。後部座席ではハルマキが、口を半開きにしている。

「なにか服《の》んだんじゃないでしょうね?」

警官は車内を見まわした。

茶屋は外に出て、歩道に立って両腕をまわした。前方に白バイがとまっていた。彼は車内に向かって、「起きろ」と怒鳴《どな》った。

警官は、長時間路上で眠るのは危険だ、と忠告してから、免許証の提示を求めた。

糸島冬美と、日光市のモーターホテルで数時間をすごした男の身元と、身辺データを入手した。

犬塚竹茂《たけしげ》四十五歳。住所は練馬区大泉《おおいずみ》町。豊島《としま》区池袋《いけぶくろ》で建物内装工事の「イヌヅカインテリア」という会社を経営。家族は妻、長女、次女で、四人暮らし。

約一年前、中野区から現住所へ転居。土地家屋は本人所有。

犬塚の経歴も分かった。

東京の私立大学卒業後、ホテルやレストラン設計大手の「ドリームデザイン設計」に勤務。十年前に建物内装工事業を設立。主に都内や首都圏のラブホテルの改装を手がけたのが成功して現在の社員数は約七十人。工事中の現場は六か所。昨年度総売上高約十四億円。

茶屋は、池袋のイヌヅカインテリアを張り込んで、近くの銀行へいった同社の女性をつかまえた。
二十六、七歳の社員は、初め警戒したが、茶屋の名刺を見て、「女性サンデー」に名川シリーズを載せている作家では、と目を丸くして訊いた。
茶屋は、頬と口元をゆるめて、週刊誌の記事を読んでくれているのかと礼をいった。

「茶屋さんのご本も何冊か読みました。わたしは和歌山県の出身ですので、『紀の川』を最初に読みました。先週は、『京都鴨川』を読みました。あれ、ほんとのことなんですか？」

胸に「小谷《こたに》」という名札をつけた彼女はいった。

「私の書くものは創作ではありません。取材して、事実を書いているんです」

「うちの会社、なにかの取材対象になさっているんですか？」

小谷は、黒い鞄を胸を隠すように押しつけた。

「おたくの社長の犬塚さんは、鬼怒川温泉方面へ、たびたびお出かけになるんですか？」

「鬼怒川温泉。……ああ、去年、ホテルの内装工事を請け負いました。社長がたびたびいったかどうかは知りませんが、なにか？」

「鬼怒川温泉方面に詳しい方ですか？」

「栃木県の今市生まれですので、詳しいかもしれません」

イヌヅカインテリアは、東明舎か、金堀商事と取引きがあるかを、茶屋は訊いた。

「東明舎の製品を扱うことはありますけど、直接の取引きはありません。金堀商事は、なにを扱っている会社でしょうか？」

「輸入食品だと聞いています」

「さあ、聞いたことはありません。最近の取引先には入っていません」

彼女は経理を担当しているので、取引先名は記憶しているといった。

「社長は、きのうは会社にいらっしゃいましたか？」

「午前中はいました」

「午後は、お出掛けになったんですね？」

「たしか浦和《うらわ》の現場へ出掛けました」

「きょうは、会社に？」

「さっき顔を出して、すぐに出掛けました」

彼女は白いバンドの腕時計に目をやった。

午後三時をまわったところだ。

「うちの会社でなく、社長のことをお知りになりたいようですが？」

「そうなんです。きのうの夕方、鬼怒川温泉のある場所で、シルバーグレーのマークⅡを見ました」

「社長の車。……茶屋さんは、社長の車をご存じだったんですか？」

「ええ。あるとき、ある場所で……」

小谷は、左右を注意するように見てから、茶屋は犬塚の身辺でも調べていたのではないか、と訊いた。

「犬塚さんを調べていたわけじゃない。あるところへあらわれたのが、犬塚さんだったと、あとで分かったんです」

茶屋は思いつきを話した。彼女が社長である犬塚の身辺に通じていそうだと読んだからだ。

「あるところとは、都内ですか？」

茶屋は、首を小さく横に振った。

「鬼怒川温泉ですね。きのうの夕方、社長は鬼怒川温泉へいったんですね。そこへいくスケジュールはなかったのに」

小谷は、眉間を寄せると、茶屋は犬塚の何を知ろうとしているのか、はっきり話してもらいたいといった。茶屋の曖昧な態度にじれたようだった。

「犬塚さんは、鬼怒川温泉に住んでいるある人と、お付合いをしているようです」

「ある人は、女性ですね？」

「女性です。その人と、いつごろからなのかを知りたい。知る方法があるでしょうか？」

彼女は小首をかしげると、その女性の名と、職業を訊いた。

「糸島冬美さん。三十八歳。主婦でしたが、今年の五月初めに夫を山で失いました。その一か月後、中野区から出身地の鬼怒川温泉へ転居しました」

十歳の男の子がいると、茶屋はつけ加えた。

「糸島さん。……山で亡くなられたというご主人、東明舎にお勤めだったのでは？」

「そう、東明舎の技術者でした」

「社長は、その方のお葬式に参列しています」

「糸島英俊さんの葬儀に……」

社長が葬儀に参列することは、年間にそう何度もないので記憶しているのだ、と小谷はいった。

「犬塚さんは、糸島さんとどういったお知り合いだったのか、ご存じですか？」

彼女は、鞄を胸にあてて、ビルのあいだを飛ぶ鳩の群を目で追っていたが、「思い出しました」と声に出さずにいった。

「去年の春のことでした。ホテルの改築に東明舎製の発電機を採用したのですが、それが何回か故障しました。その原因調査と修理においでになったチームの責任者が糸島さんでした。糸島さんは、会社へも何度かおいでになって、うちの技術者に機械の説明をされていました。わたしも見掛けたことがありましたので、お亡くなりになったと聞いたときは、びっくりしました」

犬塚竹茂は、東明舎の糸島を通じて、冬美と知り合ったということなのか。小谷の記憶が正しければ、犬塚と冬美の接触は、去年の春以降ということになりそうだ。

4

イヌヅカインテリアは、都内のあるホテルの改築工事を請け負ったさい、東明舎製の設備を採用した。ところが施工先で設備にトラブルが生じた。そのトラブル処理にあたったのが技術者の糸島英俊だったという。

犬塚竹茂は、ほぼ一年前に中野区から現住所へ転居した。新しく自宅が完成したからだ。

彼と家族の前住所を見ると、糸島冬美が郷里である鬼怒川温泉へ転居する前に住んでいたところとは、五〇〇メートルほどしかはなれていなかった。

糸島英俊は、設備のトラブル処理に出張してきたさいに、犬塚と会っていた。そこで二人は住所が比較的近いことを知ったのだろう。二人は食事でもしたかもしれない。その席で出身地やら経歴が話し合われたことも想像できる。

糸島は、東明舎の今市工場に勤務していた。犬塚は旧今市市生まれだから、東明舎・今市工場を知っていたといっただろう。家族に話がおよんで、糸島は、『私の妻の実家は鬼怒川温泉だ』と語ったとも考えられる。郷里が近かったり、縁のある土地に住んでいたことが語り合われると、親しみが増すものである。

茶屋はイヌヅカインテリア社員の小谷と別れてから、ふと思いついたことがある。犬塚は旧今市市の出身。冬美は、川治温泉（旧藤原町）の生まれだが、子どものときに家族とともに鬼怒川温泉へ転居したということだった。平成十八年の合併で、今市市も藤原町も日光市に生まれ変わった。犬塚と冬美は同郷の出身。珍しいことではないが、もしかしたら二人は、ずっと前からの知り合いだったのではないかと考えてみた。犬塚は糸島と仕事のうえで知り合いになったが、彼の妻が冬美だったのを知り、消えかけていた思い出が浮きあがってきたということもないとはいえない。

茶屋は牧村に頼んで、冬美の戸籍を調べてもらった。

冬美の旧姓は兵頭《ひょうどう》。旧藤原町（川治温泉）の兵頭六輔《ろくすけ》、治子夫婦の一人っ子だった。

父親六輔は、冬美が九歳のときに三十六歳で死亡している。六輔が死亡した二か月ほど後に、治子と冬美は川を下るように鬼怒川温泉へ移転した。六輔の死亡と転居は関係があるのではないか。川治温泉には住んでいたくない事情でもあったのか。茶屋はその辺を知りたくなった。

川治温泉で、兵頭家があったところをさがしあて、近所の家に声を掛けた。七十歳見当の夫婦がいて、兵頭六輔も治子も覚えているといった。

「六輔さんは、川治渓雲館《けいうんかん》で車の運転手をしていました。真面目で、きれい好きの人でしてね。お客さんを送迎するバスも、社長の車も、いつもピカピカに磨いていたものです。社長に気に入られていたので、社長の車を運転していく機会も多かったようです」

髪がきれいになくなった主人が、懐かしそうに話した。

「六輔さんは、若くして亡くなっていますが、病気でしたか？」

茶屋が訊くと、それまで懐かしげに話していた夫婦の顔が急に曇った。

「自殺したんです」

「自殺。……なにかを苦に？」

「運転していた車で、人を轢《ひ》いてしまったんです」

「この川治温泉で？」

「日光駅の近くということでした」

「事故に遭った人は、怪我《けが》をしたんですか？」

「重傷を負ったんでしょうね。ずっと寝たきりという話を聞いた覚えがあります」

「怪我をしたのは、遠方の人でしたか？」

「日光の人じゃなかったかな。たしか女の人でした」

六輔は、事故の被害者を何度も見舞った。仕事中の事故であったし、川治渓雲館は相当

の補償をしたようだった。だが車を運転していた六輔は相手の重傷を気に病んでいたらし
く、自宅でほとんど口を利かない日がつづいていた。

　その事故から約一か月すぎたころ、六輔の行方《ゆくえ》が分からなくなった。仕事を終えて帰途についたのだが、自宅とは反対方向へ歩いていく彼を見たという人がいた。行方不明になった夜から三日目、彼は鬼怒川の龍王峡《りゅうおうきょう》で遺体で発見された。死因は溺死だったが、行方不明になった夜、何者かと一緒に歩いていたという人がいて、事故を苦にしての自殺ではなく、何者かに渓谷へ突き落とされたのではないかという噂も流れた。警察は、他殺も視野に入れて調べていたようだが、それを裏付ける人物や、証拠をにぎることはできなかったらしいという。

「遺書のようなものはなかったんでしょうか？」

「なかったようです」

　六輔が遺体で発見されたのは、二月の小雪の舞う日だった。治子が冬美の頭を抱えて震えていたのを、いまも覚えていると主婦はいった。

　治子と冬美は、鬼怒川温泉へ転居したが、以来、川治温泉へは一度もきていないのではないかという。

　茶屋は日光署で、二十九年前の交通事故の被害者名を訊いた。旧今市市の犬塚紗希《さき》、事

故当時十九歳。

事故は、ＪＲ日光駅前で発生した。道路を横切ろうとした被害者は、凍った道路で足を滑らせて転倒。そこへ走ってきた車がブレーキをかけたがとまることができずに、転倒していた被害者の背中にぶつかった――

茶屋は犬塚竹茂の係累を調べた。彼の三つちがいの姉が犬塚紗希だった。

彼女は、今市の病院から東京の病院に転院したりして半年以上治療を受けたが、意識は回復せずただ寝たきり。自宅で七十三歳の母と暮らしている。暮らしているといっても、寝たきりの紗希に母が一方的に話し掛けているだけ。紗希の目にはなにが映っているのか、彼女は一点を見つづけ、ほとんど表情を動かさないという。

犬塚竹茂は、約十年前に東京で会社を興《おこ》した。イヌヅカインテリアだ。業績は順調に伸びた。ラブホテルの内装工事業があたったのだった。

去年の春、仕事を通じて東明舎の糸島英俊と知り合った。何度か会って話を交わすうち、糸島の妻が川治温泉の生まれだというのを知った。

犬塚は、糸島の妻の旧姓を調べてみたのではないか。もしやと思って調べたのだが、予感が的中していて、彼女は兵頭六輔の娘だと分かった。

自宅が同じ中野区で比較的近かったので、糸島の妻冬美の姿をそっと見たくなったのではないか。

冬美は細面で、美しい人妻だった。

犬塚は複雑な思いを抱きながら、彼女に接近していったのではないか、と茶屋は想像した。

五月初め、冬美の夫である糸島が北アルプスで遭難死した。

犬塚は糸島と、設備の不具合処理がきっかけで知り合ったというだけではなかったので、葬儀に参列した。冬美をいたわる気持ちもあっただろう。

昨夜の気象情報どおり、きょうは蒸し暑い日になりそうだ。風はあるが、空気の動きが重たげで息苦しい。

事務所に着いた茶屋を待ちかまえていたようにハルマキが、

「お昼、なににしますか？」

と訊いた。

「なんでもいい」

「なんでもいいって、ペットフードを出しても、黙って食べるっていってるみたいですよ。それとも、三度三度の食事が面倒に……」

パソコンの画面をにらみながらサヨコがいったところへ、デスクの電話が鳴った。

鬼怒川温泉の富坂松江からだった。彼女は何日か前から、日光市藤原総合支所の隣の電気工事会社支店に勤めている。

「さっき、ここの前を通る金堀さんを見掛けました」

娘の加奈子が亡くなってからの彼女は、金堀に関する情報に敏感になっているきらいがある。

「歩いて?」

「いいえ、車です。いつものいい車を運転して」

「だれかを乗せていましたか?」

「金堀さんだけでした」

六月三十日、糸島有呂が毒蜘蛛に嚙まれ、病院で手当を受けた。彼は五人の友だちと、廃屋となったホテルの建物脇で蜘蛛をつかまえていた。有呂たち少年に、蜘蛛をつかまえてもらいたいと頼んだ男がいた。その男の歳格好や体格が金堀に似ている。それでその日に、金堀が鬼怒川温泉にいたかを知りたくなったところ、松江の機転で、彼はその前日、川沿いの湯の屋ホテルに宿泊したことが確認された。したがって少年らに黒い蜘蛛を何匹かつかまえてもらいたいといった大人が、金堀であった可能性が濃厚になった。

彼だったとしたら、なんの目的で少年らを動かしたのか。

毒蜘蛛の被害に遭ったのは有呂ただ一人だった。そのことからいって、彼に危害を加えるために少年らに声を掛けたものと思われる。その目的は、彼の母親の冬美を怯えさせるためではなかったか。

茶屋は、有呂が被害に遭った現場で、虫籠のなかをのぞいたときの冬美の異常とも思える震えかたを見ている。虫に噛まれた痛みで苦しんでいる有呂のからだを抱えながら、彼女のほうが失神するのではないかと思えるほど蒼白になっていた。犯人は、冬美が虫を極端に嫌うのを知っていたとも受け取れるのである。

茶屋は松江の電話を聞いていて、ぶるっと身震いした。

東京に住んでいる金堀が鬼怒川温泉にあらわれるたびに、異変が起きるような気がしたからだ。もしかしたら彼は、冬美の動静をうかがっているのではないか。彼女は一軒屋に独り暮らしだ。金堀はそれを知っているだろう。現在の冬美はきわめて危険な状況にありそうな気がした。

5

茶屋は、人を集めることにした。彼と一緒に鬼怒川温泉へいける人をである。

四谷のカフェに勤めている有馬さとみに打診《だしん》した。彼女は以前、金堀商事の社員だったのだから金堀文貴をよく知っている一人だ。

独り暮らしの女性の住まいを張り込みたい。そこへ金堀があらわれる可能性があるから。彼があらわれた場合、そこには悲劇が起きる。だから彼がどのように変装していても見抜くことのできる人が必要なのだ、と茶屋はいった。

「わたし、いきます。マスターに話して、お店を休ませてもらいます」

茶屋は次に、金堀と同じマンションに住んでいる翻訳家の宮浜渚に連絡した。彼女も金堀を数えきれないほど見ているから、たとえ動物のかぶり物で顔を隠してきても、見破るはずだ。

「わたしでお役に立つことでしたら、川へでも海へでも。茶屋さんと一緒に仕事ができるなんて、このうえなく光栄です」

車の運転はサヨコが請け負った。彼女の運転技術は試験ずみ。

ハルマキも連れていく。食べ物や飲み物の心配をさせないためだ。

現地へ向かう道みち、有馬さとみと宮浜渚を拾うことにした。

さとみは、レモン色のTシャツにグレーのジーパン。ジーパンの外側には銀色の星がいくつも縦に並んでいる。

渚は、黒の七分袖のシャツに黒の細身のパンツ。靴も黒。シャツの丈が短いので、Yゾーンが明瞭。張り込みだといったので、忍者を思い浮かべたのではないか。

サヨコとハルマキは、曇り空が映ったようなくすんだ色のシャツに、ベージュの綿パンツだ。四人の女性のなかではさとみがいちばん若く、最も長身。彼女は、四角い箱のような包みを提げていた。それの中身はサンドイッチで、道中の車内での五人の食事だった。カフェのマスターの気遣いだという。

「二人とも、きれいだし、可愛いけど……。ちょっと気になるんだけど……」

サヨコが茶屋を横目でにらんだ。

富坂松江に、冬美のあしたの出勤時間を調べてもらった。粋松閣ホテルへの出勤が午前十一時半だと分かった。自宅を十一時に出れば充分間に合う。彼女は元湯通りをまたいで、くろがね橋を渡っていくだろう。

日光方面のあすの天候は、曇りのち晴れ。日中の気温は二十八度ぐらいという予報だ。

高速道路の入口近くで、運転を茶屋からサヨコに代わった。電光掲示板に渋滞の表示はなかった。

「あっ、きょうは七月六日」

後部座席でハルマキは、なにかを思い出したようだ。

「なんの日だ？」

茶屋が助手席のルームミラーを仰いだ。

「母の誕生日なんです。わたしケーキを頼んでおいたのを、忘れてた」

彼女はつぶやいて、電話を掛けた。二つちがいの妹に話しているらしい。短い会話が終わった。

「お母さんは、いくつなんだ？」

茶屋が訊いた。

「五十なんです。ずっと前から、五十の誕生日は盛大にお祝いしようって、妹と約束してたんです」

「あいにくだったな」

「いいえ。仕事だから」

三、四分経つと、後ろのだれかが鼻歌をうたっているのに気がついた。

ルームミラーに女の顔が三つ並んでいる。左側のさとみは目を閉じていた。右側のハルマキはスマートフォンを指ではじいている。中央の渚の口が動いていた。彼女は、ピクニックにでもいく気分なのではないか。

松江が電話をくれた。彼女には今夜の五人の宿を頼んでおいたのだ。

「川沿いのホテルじゃないけど、いいでしょうか？」

「観光ではありませんから、景色はどちらでも」

「かじか御殿といって、高台にあるホテルなんです。あしたは鬼怒川公園で音楽祭があるものですから、ほとんどのホテルが満室状態なんです」

「音楽祭というと、日光市主催のイベントでも？」

「いま人気グループの『いいでる』と、日光出身の歌手の南条《なんじょう》ヒデのコラボなんです。今夜は、公園で野宿する人たちもいるということです」

茶屋は、いいでると南条ヒデの名前ぐらいは知っている。松江の話だと、あしたの鬼怒川公園には一万五千人ぐらいが集まると予想されているという。

金堀は、鬼怒川温泉のどこかに滞在していそうな気がした。この前は湯の屋ホテルだったが、そこを常宿にしているわけではなさそうだ。もしも松江が、金堀の今夜の宿がどこかの情報をつかんだら、茶屋は彼の行動を監視するため、宿を張り込むつもりでいる。

松江が取ってくれたかじか御殿は、鬼怒川左岸の山寄りにあった。近くに大きなホテルがあって、そこを見下ろす位置に建っている。案内された窓辺からは、鬼怒川右岸に並んでいる白いホテルが見えた。緑の斜面に定規《じょうぎ》をあてたような赤い直線が描かれている。四人の女性はそれを見ると、「なんだ、なんだ」といった。

「あれは、東京電力の発電所だ」

茶屋がいった。

「なんで、山のなかに発電所があるんですか？」

さとみだ。彼女は赤い鉄管を初めて目にしたのだろう。

「タンクに水をため、山の斜面を利用して水を一気に落とす。その勢いでパイプの下にあるタービンを回して発電させる。……こちら側の斜面にも太いパイプがある。そこも発電所なんだ」

「へえ。茶屋先生って、なんでも知ってるんですね」

「有馬さんは、東京のお生まれ？」

さとみに並んで外を眺めていたサヨコが訊いた。

「生まれたところは福山《ふくやま》市です」

「広島県ですね。鞆《とも》の浦《うら》っていう、いい景色の海があるとこでしょ」

「ええ。観光客が大勢くるところです。暖かい土地だし、おいしい魚が食べられましたけど、中学のとき、大阪に移りました」

法務省に勤めている父親は転勤が多いのだという。家族は現在、名古屋市にいる。彼女は東京の服飾専門学校へすすんだ関係で、以来独り暮らしだといった。

夕食の席でさとみは、観光地のホテルに泊まるのも初めてだといって、あたりを見まわした。レストランのテーブルはつぎつぎに埋まった。家族連れが目立った。ここにも女子会のグループがいて、会話ははずんでいるようだった。

茶屋たちのグループは、白ワインで乾杯した。

茶屋は、グラスに口をつけた渚とさとみに注目した。二人とも恐る恐る飲んではいなかった。さとみは一口飲むと、「おいしい」といって、二口でグラスを干した。渚も、ご飯よりワインのほうが好き、といっているようだった。

ワインのボトルをもう一本追加した。ハルマキは、ワインを飲みながら黙々と料理を食べていたが、サヨコは茶屋と同じで、渚とさとみの飲みっぷりを観察しているふうだった。

「温泉地にきたの、三、四年ぶりじゃないかしら」

といったのは渚。だが彼女は温泉に浸かりたいとはいわず、

「こういう土地には、観光にきた人が、ふらっと寄るスナックがありますよね」

と、茶屋にいった。

スナックと聞いて茶屋の頭に浮かんだのは、対岸のとちの実だった。

茶屋は、四人の顔を見わたした。目のふちがわずかに色を変えているのはハルマキだけだ。

ワインを二本空け、料理をきれいに食べ終えた。

「スナックへ移って、一時間だけ飲むことにしよう」

さとみが、「やったぁ」というふうに拳をにぎった。

「うれしい」

渚がいった。彼女は新宿ゴールデン街の近くに住んでいる。たまに酒好きの友だちがそこへきては、彼女を呼び出すらしい。

五人は、夜のくろがね橋を渡った。橋の中央に立って、川上も川下も眺めた。黒い帯と

なった鬼怒川に、両岸のホテルの灯が落ちている。川岸を五色のランプで飾っているホテルもあった。

渚が急に、手で顔をおおうとうずくまった。背中が波打った。夕食のワインに酔ったのではないらしい。

ハルマキが、渚に寄り添ってしゃがんだ。

二、三分で渚は顔をあげた。

「ごめんなさい。夜の川を見てたら、思い出したことがあって……」

彼女は、黒いシャツの袖で涙を拭った。

さとみは淡々としているが、渚は変化のある人だ。彼女は道中の車内で歌を口ずさんでいた。ここへきて街を歩きたがり、外で飲みたがっているのは渚だった。

今夜はどのホテルも満室状態だということだが、スナックのとちの実には客がいなかった。ママと千依子は、またいい合いでもしたのか背中を向けていた。

茶屋を見ると千依子は両手を広げた。後ろに四人がいなかったら抱きついただろう。

「団体じゃないですか、先生」

ママは目を細めて、ビールの栓を抜いた。

「一時間だよ」

茶屋は念を押した。

彼は、あしたの仕事を母娘に話した。

「あした、わたしもいくね。一人でも多いほうがいいでしょ」

千依子が目を輝かせた。

ビールで、きょう二度目の乾杯をした。

ウイスキーの水割りを一杯飲んだところで渚が、

「温泉地へきたの、五年か六年ぶり」

といって、髪の端をつかんだ。

「さっきは、三、四年ぶりっていってたけど」

さとみが、渚の顔に不思議そうな目を向けた。

「五年か六年。……暗い川の上を蛍が舞ってた」

渚の目は、何年か前の初夏の夜を映しているようだ。歌舞伎町やゴールデン街の、ギラギラしたネオンは消えているらしい。彼女はカウンターに両手をそろえて置いた。なんの飾りもない白い指だ。その指が静かに動きはじめた。ピアノを弾《ひ》いているのだった。

七章　深夜の狂乱

1

茶屋と四人の女性は、午前十時半に糸島冬美宅の隣接地に着いた。そこは企業の保養所の建物で木立ちに囲まれている。管理人でもいるのではないかと思って声を掛けたが応答がなかった。

冬美宅は、スギとヒノキとカシの木のあいだから裏側が見える。玄関側は車が通れる程度の幅の道路で、けさはその道を公園へ向かう人がひっきりなしに歩いていく。公園への近道なのだ。

茶屋たちが着いて五、六分後に千依子があらわれた。彼女は黒のTシャツに水色の綿パンツ。着脱に苦労するのではと思うくらい尻も腿も足首までも締めつけている。

六人は、立ち木に寄りかかったり、手を掛けたりして、道路を公園のほうへいく人と冬できる。


美宅を見張っている。建物と木立ちの関係で、玄関を正面から見ることはできなかった。しかし歩いてきた人が、玄関へ向かって道路を曲がれば、木立ちを抜けて見にいくことができる。

きょうの冬美は午前十一時半に、勤務先へ出勤することになっている。

彼女は一度、裏側のガラス戸を少し開けた。室内の空気の入れ替えをしたようだ。

十時五十分。ガラス戸に影が映った。二、三分経って、ガラス戸とカーテンを閉めた。

出勤のための戸締りだろう。茶屋たちは、彼女が勤務先の粋松閣ホテルに到着するまでの間、そっと尾行することにしている。十四、五分の道中が危険だと踏んでいるのである。

にぎやかな話し声が近づいてきた。十人以上の若い男女だった。小型リュックを背負っている人も、布袋のようなバッグを提げている人もいた。シャツは白や黄や黒と色とりどりだ。そのグループの三、四分あとを、また十数人の男女のグループがガヤガヤとやってきた。二組のグループが通りすぎると静かになった。

十一時十分になったが、冬美は出掛けなかった。出勤時間ギリギリに家を出る習慣がついているのか。走っていけば十分ぐらいでホテルに着けるだろう。

十一時二十五分になったが、冬美は出てこなかった。茶屋は木のあいだから首を伸ばした。さっき裏側のガラス戸を開け閉めしたのだから、彼女がいるのはたしかなのだ。十一時三十分出勤という松江の情報がまちがっているのか。

「きょうは、休むんじゃないかしら」

サヨコも首を伸ばした。

茶屋は無言で冬美宅をにらんでいた。

十一時三十五分。茶屋は胸に手をあてた。胸さわぎを覚えたのである。かつてないことだった。落着いていられなくなり、足踏みをした。

「どうしたのかしら？」

横のサヨコがいった。

「ちょっと見てくる」

ハルマキが、いったん道路へ出て、左右に首を振ってから冬美宅の玄関へ曲がった。

茶屋は歩行者のふりをするつもりでスギの木のあいだから抜け出した。

玄関ドアに手を掛けているハルマキが振り向いた。ドアが開くというのだ。施錠《せじょう》されていないのだ。

「なぜだ？」

彼はつぶやくと、玄関ドアの前に立って、「糸島さん」と呼んでみた。

返事がない。また呼んでみたが同じだった。インターホンが付いていないので、ドアをノックした。が、応答がなかった。

彼は、ハルマキと顔を見合わせてからドアノブをひねった。ドアは音もなく開いた。たたきには、黒い靴とつっかけが散乱していた。それを目にして、茶屋は異変を感じ取った。屋内は薄暗い。奥へ向かって、「糸島さん」と、もう一度呼んだ。やはり返事がない。

さっきはたしかに裏側のガラス戸が少し開かれ、二、三分で閉められ、カーテンも閉じられた。それをしたのは冬美にちがいなかった。

「うっ……」

茶屋はたたきへ踏み込むと鼻を動かした。鉄錆《てつさび》を嗅いだような気がしたし、歯が浮いた。上がり口に手をついて室内をのぞいた。

異様なくらい白い足の裏が見えた。

「一一〇番だ。いや、一一九番」

彼の頭は混乱した。床に白い足の裏が見えるというのは、人が横になっているからだ。

ハルマキが一一〇番へ掛けた。

「ここ、どこですか？」

彼女は顔をひきつらせて、白いスマートフォンを頭の高さに持ちあげた。

茶屋が電話を代わって、場所を説明した。

通信指令の警官は茶屋に、そこにいてもらいたいといった。

サイレンを鳴らして先に到着したのは救急車だった。消防署が近くだからだろう。

やがて駆けつける警官に、全員が質問を受けるだろうが、どう答えればいいのかを迷う者がいる。渚と、さとみと、千依子だ。茶屋はその三人をホテルへもどすことにした。彼と、サヨコと、ハルマキが残り、スギの木の下にすわり込んだ。立っていることができない脱力感とともに、自分の非力さを思い知らされた。後悔が頭の中を駆けめぐった。

けたたましいサイレンを鳴らして、パトカーと黒とグレーの車がつづいて玄関前へやってきた。今市署からの出動にちがいなかろうが、ドヤドヤっと車を降りた男たちのなかには赤岩と黒沼刑事の姿はなかった。二人は非番なのか。それとも転勤したのではないか。

グレーのワゴン車が着いて、撮影の照明のようなライトが運び込まれた。

「最初に発見したのは、あなたですか？」

五十歳見当の長い顔をした男が、頭の上でいった。

「発見とは、なんのことですか？」

茶屋は、スギの幹につかまってヨロヨロと立ちあがった。

「女性が、血を流して倒れているのを見つけたので、一一〇番通報したんでしょ？」

「女性が、血を流して……」

茶屋は、男の長い顔を見ながら名刺を出した。

長い顔は、平間《ひらま》だと名乗った。栃木県警刑事部の管理官だといった。

「血を流している人は？」

「亡くなっています」

「その家に住んでいるのは、糸島冬美さんです。亡くなっている女性は、糸島さんですか？」

茶屋は、ドアが開け放されている家を向いて訊いた。

「あなたは、糸島冬美さんという女性とは、知り合いなんですね？」

「知り合いです」

「では、ホトケさんの顔を見てください」

平間は、茶屋のシャツの袖を引っ張った。

はからずも茶屋は、死者《ぬ》と対面する羽目《はめ》になった。

玄関のたたきで靴を脱ぎかけると、そのままでよいといわれた。透明のビニールシートが帯状に敷かれていた。それを踏んで三歩か四歩すすんだ。

床に倒れているのが女性であるのはすぐに分かった。ベージュの半袖シャツにブルーのジーンズだ。ジーパンの片方の裾《すそ》がずりあがっている。さっき足の裏だけ見えたのが、この人だったのだ。からだは仰向いているが、顔だけを横にしている。黒い髪が灰色のカーペットに広がっていた。

両手で顔をおおいたかったが、彼は小さな声で冬美を呼んだ。

「糸島さんです。冬美さんです」

と平間にいって、唇を噛んだ。こういうことが起こってはならないので、人を集めたのだった。なすすべのない無力感に寒さを覚えた。

金堀文貴が鬼怒川温泉へきているという情報を聞き、糸島冬美がきわめて危険な状況にあると判断した。金堀が彼女に危害を加えることが考えられたからだ。

それで、金堀をよく知る人に呼び掛けて、冬美宅を張り込んでいた。金堀が近づいてきたら、茶屋は彼の前へ飛び出すつもりでいた。冬美に危害を加えるのを阻止《そし》するためだった。金堀をつかまえたところで、それまでの一連の事件を追及する筋書きも、茶屋のなかには描かれていた。

冬美は、まるで茶屋たちの目の前で殺害されたも同然だった。茶屋は、けさ張り込みをはじめてからを振り返った。

裏側のガラス戸が開き、屋内の空気を入れ替えるようにしてから戸とカーテンが閉められた。独り暮しの冬美がやったことにちがいなかった。

午前十一時三十分からホテルで勤務に就《つ》く彼女は、三十分ぐらい前に玄関から出ていくものと思っていた。もしも侵入者がいるとしたら、それも玄関からだろうと予測していた。

茶屋をふくむ六人は、冬美宅と隣接地の境にある木立ちの下にひそんでいた。玄関ドアは見えないが、道路からそこへ入っていく者がいれば見えるのだった。

茶屋たちが張り込んでいるあいだに、何者かが玄関から屋内に入ったものと思われる。

何者かは、彼女に電話をするなりして、ドアを開けさせたのか。それが金堀であったならば、少なくともさとみと渚の日には入ったはずだ。

もしかしたら何者かは、前夜から、あるいは茶屋たちの到着前に冬美を訪ねていたのか。そして、彼女を刃物で刺すか切るかして、出ていった——

警察は、車が一台通れる程度の道路を遮断した。鬼怒川公園での音楽祭にいく人たちの近道は断ち切られた。警察官が張った黄色のテープに近づいた人たちは、事件現場となった冬美宅に背中を向けて立っている制服警官に、なにがあったのかを訊いている。

「しまった。あれだったんだ」

茶屋は舌打ちした。

公園へ向かう十数人のグループが二組通ったのを思い出した。冬美を殺した犯人は、そのグループにまぎれ込んでいたにちがいない。道いっぱいに広がって、ガヤガヤと喋りながら歩くグループと一緒に歩き、玄関ドアへ。犯人は彼女が自宅を出る時刻を知っていたので、ドアの前に立った。内側から錠が開いた。彼女が出ようとしたその一瞬に、ドアのなかへ侵入した。彼女は悲鳴を上げて奥へ逃げ込んだと思うが、またたく間に、刺されたり切られたりしたのではないか。そして犯人は、外をうかがった。ほどなく十数人のグループがやってきた。その人たちのなかに、またまぎれ込んで逃げたのだろう。

茶屋は胸のなかで、「金堀じゃなかった」とつぶやいた。

またサイレンが近づいてきた。バンパーとドアに傷のあるグレーの車から、黒っぽいスーツの男が四人降りた。そのうちの二人が茶屋を見て小走りに近寄ってきた。赤岩と黒沼刑事だ。

「あんたか」

聞き覚えのあるざらついた声がいった。片方の目尻だけが吊り上がっている赤岩が、茶屋をにらみつけ、彼の背後に立っている二人の女性の顔を確かめるような目つきをした。

2

茶屋とともに張り込みに参加した五人の女性は、今市署へ同行を求められた。

茶屋は五人から引きはなされて、取調室で赤岩、黒沼の両刑事と向かい合った。

糸島冬美は、胸と腹を刃物で刺され、出血多量で死亡したのを赤岩から聞いた。凶器の刃物は屋内からは見つからなかった。したがって犯人が持ち去ったものとみられているという。

赤岩に訊かれて、茶屋は、六人で冬美宅を張り込むことにした経緯を話した。

「茶屋さんは、糸島冬美さんがああいう結果になることを、予想していたんですね？」

赤岩の声は聞くほうが咳払《せきばら》いしたくなるような悪声だ。栃木県警は、彼を警官に採用するさい、声の質までは考慮しなかったようだ。

「彼女が危険な目に遭わないようにと考えたんです」

「特定の人が、危険な目に遭いそうだという予測がついた段階で、どうして警察に相談しなかったんですか？」

「私の説明で、はたして警察が動いたでしょうか」

「状況次第では手を打つことも考えましたよ」

「たとえば赤岩さんが私の説明を取りあげても、上司の方が納得して、警備態勢をととのえたかどうか。ととのえるまでには何日かがすぎたんじゃないでしょうか」

「緊急を要すると判断できれば、すぐに態勢をととのえたでしょう。殺人事件の可能性が考えられたんですから」

「殺人事件が起きたから、そういっているんでしょ。一人の女性に被害がおよびそうだといっただけで、それの予防態勢に入ることは期待できません」

「期待できないというのは、茶屋さん一人の判断だ。あなたは、事件を目撃して、それを週刊誌に書きたかった。糸島冬美さんの身辺を嗅ぎまわっているうち、彼女に被害がおよびそうな予感がした。事件が起きても、予想がはずれても、その過程を書けば、週刊誌によろこんでもらえる。そういうことは、これまでの経験で充分承知していた」

「勝手なことを……」

石地蔵に化けたように黙っていた黒沼が、咳払いした。顎に刃物を受けた古傷のある彼がなにかいいたそうだ。

赤岩が、なにかいってやれ、というように首を動かした。

「けさの事件は、茶屋さんが仕組んだんじゃないですか?」

「私が、事件を、仕組んだ。……どうしてそんなことがいえるんですか?」

茶屋は、テーブルの上で拳を固くにぎった。

「茶屋さんは、糸島冬美さんの身辺を詳しく調べていたので、彼女の交友関係も知ることになった。彼女と関係のある人物に、彼女の日常と、勤務時間も教えた。その人物には刺激的なことも吹き込んだ。……もしかしたら糸島さんが鬼怒川温泉で独り暮らしするのを、あなたがすすめたんじゃないですか?」

「よくもまあ、そんなねじ曲がった想像をするものですね。生まれつきですか? それとも刑事になってから、現実ばなれしたことを考えるようになったんですか?」

「失礼な。しかし、私がいったことで、あたっている部分があるでしょ?」

「一つもありません」

刑事たちと茶屋のやりとりは夕方までつづいた。その間にべつの取調官は、サヨコ、ハルマキ、有馬さとみ、宮浜渚、そしてスナックの千依子の五人から、なぜ糸島冬美を張り込むことにしたのかを訊いたようだ。

サヨコとハルマキは、茶屋次郎事務所の従業員だから、主人である茶屋の仕事に協力しただけといった。さとみと渚は、鬼怒川温泉への宿泊旅行ができるから、茶屋と一緒に車に乗ったのだと答えた。千依子は、『茶屋さんと一緒においしいご飯が食べられると思ったから』と答えたという。五人とも、糸島冬美が、どういう人なのかも知らない、と答えたようだ。

赤岩刑事は茶屋に、今市署に設けられた捜査本部は、有馬さとみ、宮浜渚、それから千依子と茶屋が、どういう間柄なのかを調べるといった。

茶屋は赤岩に、

「私たちが張り込んでいるあいだに、十人ぐらいの団体が二組通りました」

といった。そのなかにメンバーでない人間がまぎれ込んでいた可能性が考えられたのである。

千依子と別れて、茶屋たち五人は東京へ帰った。明治《めいじ》通りの花園神社の前で渚を車から降ろしたときは、深夜近くになっていた。

「あら、金堀さんの部屋に灯りが」

渚は五階を仰いだ。

茶屋は車を降りた。サヨコとハルマキは車で自宅へ向かった。

金堀が何時ごろ帰宅したかを知りたくなった。窓に灯りが洩れてはいるが、彼がいるかどうかは怪しいものだ。茶屋がそれをいうと、黒装束《くろしょうぞく》の渚は、ドア越しに金堀の部屋のようすをうかがってくるといって、マンションへ消えた。

茶屋は花園神社の鳥居に寄りかかった。

渚から十数分後に電話があった。金堀の部屋からテレビの音が聴こえるし、ベランダに洗濯物がヒラヒラしているのが見えるという。

それだけでは、彼が部屋にいる証明にはならない。深夜近くに部屋を訪ねるのもはばかられる。

いったん電話を切った渚だったが、また掛けてよこした。ゴールデン街のバー・にゃーごで一杯飲《や》らないかというのだった。金堀のいきつけの店である。彼がそこにいるかもしれなかった。

茶屋は先にいっていることにした。

路地へ迷い込んだのか、もう一軒で飲もうとしているのか、四角い鞄を持った男が、千鳥足《ちどりあし》で歩いていた。その男の前を、白と黒の体格のいい猫が横切った。

「あーら、しばらくです」

にゃーごのママはカウンターのなかで立ちあがった。客はいなかった。昔の歌謡曲が小さく流れている。

「夜までお仕事ですか。お忙しいんでしょうね」

ママはいいながら、ビールを注いだ。茶屋が彼女のグラスへ静かに注いだ。

ビールを一杯飲み終えたところへ、渚が着いた。彼女は、白のゆったりとした裾の長いスカートに着替えていた。

「お知り合いだったんですか」

ママは、茶屋と渚を見比べるような目をしてから、渚の表情を読むような顔をした。渚のグラスにビールを注いでからも、彼女の肚のなかを盗むように、チラチラ見ていた。まるで商売を忘れてしまっているようだった。

「最近、金堀さんはきていますか？」

渚は、ママの目つきなど気にしていないというふうに訊いた。

「ゆうべ、お見えになりましたよ。大竜軒《たいりゅうけん》の大将がきていましたので、二人は盛りあがって、歌を何曲もうたっていました」

大竜軒は、明治通り沿いの古い中華料理店で、金堀はたびたび食事にいっているという。主人は月に二回ぐらいにゃーごへ飲みにくる。金堀と一緒になったことは何度もある、とママはいった。

「ゆうべの金堀さんは、ここに何時ごろまでいましたか？」

茶屋は、水割りのおかわりをした。

「一時ごろまで。大竜軒の大将と一緒に出ていきました」

ママがいった。

渚が茶屋の耳に頰を寄せた。

「あした、お昼に、大竜軒へいってきます。金堀さんのことを訊いて、先生に電話しますね」

ママは、氷を落としたグラスを必要以上にかきまわしていたが、紺の台拭きを角を合わせてたたんだ。

自分の前を拭いていたが、その範囲がひろがり、茶屋の前を彼女の手が行き来するようになった。

茶屋はグラスからあふれるくらい氷を入れてもらって、立てつづけに二杯飲んだ。酒が効いてきたらしく、昼間からの息苦しさが少しおさまった。今市署からの帰りの道中、何度となく冬美の死顔が目の前に浮かんだのだ。事切れていたのだから当然だが、もともと色白の顔は蒼白だった。わずかに唇が開いていた。その透き間から声が洩れそうな気がした。だれに向かってなのか、最期の一瞬、なにかをつぶやいたにちがいない。胸や腹を突き刺された無念さに、「悔しい」といったか、それとも、「どうして？」と、凶器をにぎった侵入者に問い掛けたかもしれない。

犯人は、独り暮らしの女性を襲った強盗ではなかろう。冬美が出勤する時刻を知っていたのだし、鬼怒川公園での音楽祭を知っていた者の犯行だろう。何人かの群のなかにまぎれ込んで侵入して目的をはたし、そしてまた群のなかにまじって逃げる計画を立て、それを実行したにちがいない。

次の日の正午すぎ、事務所にいる茶屋に渚が電話をよこした。

「きのう、金堀さんは、大竜軒でお昼を食べたことが分かりました。十二時半ごろ店にきて、チャーハンと野菜スープを摂りました」

渚はたったいま、大竜軒で食事をして出てきたところだといった。大竜軒の主人は、前夜、何か月ぶりかでにゃーごで金堀に会ったことも語ったという。

金堀は、一昨日はにゃーごへ飲みにいき、たまたまきていた大竜軒の主人に会い、午前一時ごろまで飲みながらうたっていた。

きのうは、午後零時半ごろ大竜軒へいき、昼食を摂った。

糸島冬美の出勤を狙って、彼女を襲い、刺し殺した犯人は金堀文貴でないことが、これで明白になった。

3

けさの新聞を見て仰天《ぎょうてん》した、と三田村が事務所へ電話をよこした。鬼怒川温泉の自宅で殺された糸島冬美のことである。

「夫に先立たれた彼女は、子どもを連れて郷里へ帰ることによって、平穏な暮らしを選んだものと思っていたんだけど……」

三田村は、五月に北アルプスで死亡した糸島英俊を通じて、冬美とは何度か会っていた。三田村は彼女のことを、事件とは無縁の人と思っていたのにといった。そして彼女の不幸は、夫の遭難死と関連があるのだろうか、ともいった。

茶屋は、「じつは」と前置きして、きのうの午前、冬美の自宅を張り込んでいたことを話した。彼女がきわめて危険な状況にあると判断したからだといった。

「じゃ事件は、まるで、衆人環視のなかで起こったようなものじゃないか」

「そのとおりだ。おれの観測が甘かった」

「そういうことになるが、彼女の日常には、生命を狙われる危険が迫っていたということなんだな？」

「おれはそう判断したが、彼女は自分の身に、殺されるほどの危険が迫っているとは思っていなかったようだ」

「茶屋は彼女に、危険がさし迫っていることを警告していなかったんだな」

「反省している。取り返しのつかないことをしてしまった」

「茶屋は、自分の手で、彼女に危害を加えようと接近してくる者を、つかまえようとしていたんだろ？」

茶屋は率直に遺漏《いろう》を認めた。

三田村との電話を終えたところへ、今市署の捜査本部の赤岩と黒沼の両刑事がやってきた。二人は上着を腕に掛けていた。ゆるめたネクタイがよじれている。

ハルマキが、おしぼりと冷たい麦茶を出した。赤岩は彼女の顔を見て、にこっと笑った。ハルマキは軽く頭をさげると、逃げるように衝立《ついたて》の陰に隠れた。

サヨコはパソコンの前から、刑事たちがなにをいうかをうかがっている。

「署でも訊いたことですが、あらためてうかがいます」

赤岩は、相変わらず喉の摩擦《まさつ》をそのまま見せているような声で前置きした。

「糸島冬美さんに危険がさし迫っていると判断したので、茶屋さんは知り合いの女性に号令をかけて集めて、張り込みをした。あなたには、冬美さんのところへやってくる人間がだれだか、分かっていましたね？」

「いいえ」

「だれが、何時ごろくるか分かっていたので、張り込んでいたんでしょ？」

「分かってなんか、いません」

「訪れるのがだれなのかの、見当ぐらいは？」

「いいえ」

「じゃ、なぜ張り込んでいたんですか？」

「だれかがくるかもしれないと思ったので」

「どんなところから、だれかがくるかもしれないって思ったんですか？」

「なんとなく」

「なんとなく、だれかがくるかもしれないと思っただけで、人を集めて？」

「そうです」

「あなたは、なんとなくなにかを想像すると、人を集めたりして、他人の行動を観察する癖があるんですか？」

「癖かどうか。必要だと思えば、ああいうことをすることも」

「張り込んだり、ときには尾けたり？」

「ええ、まあ」

赤岩は、頬をすぼめた。黒沼は小さく舌打ちした。茶屋の答えが納得できないといっているようだ。

赤岩は、指に唾《つば》をつけてノートを何ページかめくった。

「私たちが茶屋さんと最初に会ったのは、五月二十三日でした。覚えていますか？」

「何日だったかは忘れましたが、私が泊まっているホテルへおいでになったことは……」

「どんな用件で、あなたに会いにいったのかは覚えていますね？」

「たしか、富坂加奈子さんの変死の件で」

「そう。富坂加奈子さんも、殺害された可能性が高い。……あなたが鬼怒川温泉へあらわれると、凶悪事件が起きる。かつてなかったことが次つぎに」

「まるで、私が事件にかかわっているようなおっしゃりかたをしますね」

「かかわりが、あるんでしょ？」

古い傷跡のある顎を動かして黒沼がいった。

「糸島冬美さんは、五月初めに夫の英俊さんを亡くした。六月下旬には英俊さんの妹の未砂さんが、日光江戸村で斬られたり刺されたりしたのが原因で亡くなった。……茶屋さんは、なんらかのかたちで英俊さんに関係のある人たちが遭った事件を調べていた。それは、週刊誌に記事を書くための取材だったんですか？」

赤岩が、二つ三つ咳をしながらいった。

「遭難や事件の原因を知るための取材です。刑事さんの目には、私がどのように？」

「あなたが事件にかかわっているので、それを隠すため、取材と称して行動している。そうでしょ？」

「富坂加奈子さんが変わりはてた姿で発見されたその直後から、刑事さんは、私を色メガネでご覧になっていた。メガネを何度掛け直しても曇って見える。メガネの色が曇っているからです。そのメガネをはずして、透きとおった目で見てください。……私は事件にはかかわりはない。事件を起こした犯人に、近づこうとしているだけです」

「茶屋さんは、独りで？」

「独りです」

危ないことには手を出さないほうが、と赤岩はいって、黒沼とともに腰をあげた。

「ご苦労さまでした」

といって送り出そうとしたハルマキに赤岩が、「またくるよ」と、塩辛を舐《な》めたような声を掛けた。

茶屋は、イヌヅカインテリアの小谷恒子《つねこ》のケータイに電話した。「ただいま、電話に出ることができない」というコールがあって三分ばかりあと、彼女が茶屋のケータイに掛けてよこした。

「いま、お話をうかがえませんので、のちほど掛け直します」

彼女は早口でいって切った。茶屋の用件は、社長の犬塚に関することだと分かっているのだろう。いま、彼女の近くに犬塚竹茂がいるのではないのか。

一時間後、小谷恒子から電話が入った。

「先ほどは失礼しました。打ち合わせ中だったもので」

茶屋は、七月七日に犬塚のいた場所が分かるだろうか、と訊いた。

「日曜ですね。調べてみます」

茶屋は、会って話したいことがあるといった。

彼女は、午後三時に外出する。四時に池袋西口の東京芸術劇場前でなら会えるが、といった。茶屋は、彼女が指定した場所へいくことにした。

薄陽のあたる東京芸術劇場前では、大道芸人がガラスのような透明のボールを、手から首へ、首から背中へと転がして移したり、紐《ひも》で操ったりしていた。スピード感のある芸に二十人ぐらいが目を奪われていた。

小谷は五分ほど遅れて、息を切らしてやってきた。水色シャツに白いスカートの彼女は、きょうも四角い鞄を持っていた。

カフェにでもと茶屋が誘うと、劇場の地階で、と彼女がいって先に立った。

コンサートか芝居が演じられているらしく、いくつもある扉は閉じられ、受付に女性が一人いるだけだった。

茶屋と小谷は、待合室の椅子に腰掛けた。茶屋が自動販売機を見て、コーヒーでも、というと、

「では、冷たい紅茶をいただきます」

と、目を細めた。

缶の紅茶を受け取った彼女の爪が、シャツと同じような色に染められているのに彼は気づいた。プルタブを開ける指は細くて長い。

茶屋が、犬塚竹茂の七日の行動が分かったかを訊こうとすると、彼女が先に、

「七日に、社長がどこにいたかをお知りになりたい理由を、おっしゃってくれませんか」

といった。

茶屋はうなずいた。

「七日の午前十一時ごろ、鬼怒川温泉で独り住まいをしていた糸島冬美さんが、自宅で何者かに刃物で刺されて亡くなりました。糸島冬美さんと犬塚竹茂さんは、特別な関係でした。二人の関係を知ったので、先日、あなたにお尋ねしたんです」

「殺人事件……」

彼女は小さな声でいうと、鞄から取り出したハンカチを口にあてた。鬼怒川温泉の殺人事件は昨夜のテレビニュースで知ったし、けさのテレビも報じていたと、彼女は口にハンカチをあてたままいった。

「きのう、社長は、ゴルフにいきました」

「ゴルフ場はどこですか？」

「栃木県鹿沼市です。社長はそこのメンバーです」

「どなたかと一緒でしょうね？」

「そうだと思いますけど、どなたと一緒かは知りません」

「ゴルフは前まえから決まっていましたか？」

「それは聞いていませんでした。前の日の夕方、わたしに、『あしたは鹿沼でゴルフだ』といいました。わたしは、お天気はよさそうです、といったのを覚えています」

「いつも一緒にゴルフにいく方を、あなたは知っているでしょうね？」

「辰野《たつの》電機の社長と、津本《つもと》工作所の専務が、ゴルフ仲間です。お二人とも鹿沼のゴルフ場のメンバーです」

茶屋は、けさの犬塚のようすを訊いた。

「午後一時から、設計の担当者との会議が決まっていて、それがはじまる五分ぐらい前に出社しました。出社が遅くなる日は、いつもわたしに電話をしてきますけど、きょうは電話がありませんでした」

「小谷さんは、きょうの会議には？」

「わたしは出席していません」

会議は一時間ほどで終わった。犬塚はいったん自分のデスクにもどったが、すぐに外出したという。

「外出するときは、どこへとか、何時ごろにもどるといいますけど、きょうは黙って出掛けました」

彼女はそういうと、ハンカチを広げ、それで顔をおおった。泣いているのだった。

茶屋はしばらく彼女を観察した。

「社員のわたしが、してはいけないことをしてしまいました」

彼女は、ハンカチを強くつかんだ。

茶屋は、どういうことか、というふうに首をかしげて見せた。

「わたしは先ほど、津本工作所へいってきました。たまたま専務がいらっしゃったので、『きのうはゴルフでしたか』と訊きました。そうだとおっしゃったので、成績を訊いたんです。そうしたら、『パーが一つもなしの、ひどい日だった』とおっしゃいました。『うちの社長のほうは』と訊きましたら、『犬塚さんはこなかった。きのうは彼がくるという予定じゃなかったし』とおっしゃいました。……茶屋さんからお電話をいただいていましたので、わたしはつい、よけいなことをしてしまいました」

彼女は後悔しているのだし、はからずも社長の嘘を知って失望したのだった。

「犬塚さんは、べつのゴルフ場でプレーしたのではないでしょうか」

「いいえ。鹿沼だと、はっきりいいました。ゴルフの予定もいつもはスケジュール表に入れていますが、きのうは表に入っていませんでした。社長はわたしにいい忘れていたのだと思っていました」

犬塚のゴルフは土曜か日曜と決まっているわけではない。平日にいく場合もあり、小谷が運転していく日もあったという。

「犬塚は、ゴルフにいっていなかった」

茶屋は胸のなかでつぶやいた。

彼は、犬塚のきょうとあしたのスケジュールを訊いた。

「きょうのこれからの予定は入っていません。あしたは午前中に住宅メーカーの方が来社します。午後二時には、新宿の大手焼肉チェーン会社へ、設計担当者と見積もりの打ち合わせにいくことになっています」

小谷は、水色の爪の中指でスマートフォンを撫でるように動かした。

「犬塚さんは、酒を飲みますか？」

「飲みます。わたしは何回かお伴しましたけど、かなり強いと思います」

犬塚のいきつけの店を知っているかと訊いた。

小谷は、池袋と新宿のクラブを知っていた。夕方、会社が契約している駐車場に社長の車が入っていれば、飲食の日だと彼女はいった。

午後六時すぎに小谷から電話があった。犬塚の車は駐車場におさまっているという。

4

茶屋は、牧村編集長を呼び出すことにした。今夜は、クラブを二か所ハシゴしたいといった。彼には、いままでつかんでいる犬塚竹茂の行動を話している。

「今夜の犬塚は、二軒のうちのどちらかで飲んでいるとにらんだんですね」

牧村は弾んだ声でいった。

そのとおりだと茶屋がいうと、

「同行します。先生独りじゃ心細いでしょうから」

牧村は池袋の老舗そば屋へやってくることになった。その店は、小谷恒子から聞いたクラブRの近くだった。彼女は、社長の秘密に手を触れてしまったとか、社員として出すぎたことをしてしまったといって泣いたが、茶屋の調査には協力的だった。もしかしたらこの一両日、自分の身辺に重大な変化が起きるのを予感したようでもあった。

牧村は、汗を拭きふきやってきた。

「金堀文貴には?」

牧村が訊いた。

「彼には、まだ」

二人は、牧村おすすめの「いなかそば」にした。色黒のざるそばで、無雑作に刻んだように太さが不ぞろいだ。腰があって固い。素朴《そぼく》なそばの味が口にひろがった。

「うまいね」

茶屋があらためて牧村の顔を見ると、目が充血していた。ゆうべから細かい字を読みつづけていたのだという。

「眠くならないか？」

「一杯飲《や》れば、大丈夫です」

「じゃ、一杯」

そばには日本酒が合うといって頼むと、黒ぐろとした茶碗のような器に二合注いだ酒が運ばれてきた。茶屋と牧村にとって一合ぐらいの酒は、気付け薬のようなものだ。

クラブRには、女性が六、七人いた。平均年齢二十五歳といったところ。全員が、下着がのぞきそうなミニスカートだ。客は二組入っていた。茶屋と牧村は初めてなので、カウンターにとまってビールをオーダーした。カウンターのなかには三十半ばの蝶ネクタイの男がいて、酒をつくっていた。男は、飛び込み客の茶屋と牧村の素性をうかがうような目をして、ビールを注いだ。

二人のあいだにキラキラと光るスカートの女性が入った。そろそろ三十の角にさしかかった歳格好だ。この店に長く勤めているのかと茶屋が訊くと彼女は、四年目だといった。

犬塚竹茂が気に入っている店らしいじゃないか、というと、

「お客さん、犬塚さんのお知り合いなんですか?」

といって、首を左右にまわした。

茶屋は、犬塚とは仕事関係だと曖昧な返事をした。

彼女の話で、犬塚は毎週末に飲みにくることが分かった。

「うちのお店においでになるのは、木曜か金曜と決めているみたいです。先週も金曜でした」

もしも今夜きたら教えてもらいたいといって、茶屋は彼女にケータイの番号だけ教えた。

名前を訊かれたので、名字だけいうと、

「珍しいお名前ですね」

といって、ちらっと横顔を見たが、茶屋が黙っているので彼女はそれ以上話し掛けなかった。彼女は茶屋と牧村を、犬塚のことをさぐりにきたのだろうと感じ取ったようだった。

ビールを三本飲んで、椅子を立った。二人は、ボックス席へどうぞ、とはいわれなかった。

二人はタクシーで新宿・歌舞伎町へ移動した。小谷に教えられたクラブKは、牧村が毎週のように通っているチャーチルの近くだった。ビルの地階で、池袋の店より広い。

女性が十人ぐらいいて、全員が薄布のロングドレス。ドレスは色とりどりだが、値の高い物ではなさそうだ。

「可愛いコが何人もいますよ、先生」

今夜は比較的口数の少なかった牧村だったが、グリーンのドレスのホステスが横につくと、すぐに名を訊いた。

「由香《ゆか》です」

彼女は牧村の手の平に、指で字を書いた。

牧村は、骨の上に皮がついているような痩せた女性が好みである。

この店ではボックス席へ案内された。五十代と思われるママだけが和服を着ている。

ママは、茶屋と牧村の正面へ腰掛けると帯のあいだから名刺を出した。初めての客を品定めしてはいるが、それを露骨《ろこつ》に態度に出さなかった。

「歌舞伎町へは、よくおいでになるんですか?」

ママが訊いた。

「週に一度は」

牧村だ。

「それはそれは。よくおいでになるのは、どのお店？」

牧村は、店の名をいわず、何年間も同じ店へ通って飽きてしまったといった。夜ふけとともに口がなめらかになる男である。

ママは、十代ではと思われる赤いドレスのコを招《よ》ぶと、牧村の横へ押しつけるようにすわらせた。

三人連れが入ってきた。ママは茶屋たちの席をはなれた。

犬塚を知っているか、と牧村が由香に訊いた。

「週に一回はお見えになるお客さんです」

「毎週くるのか。何人かで？」

「取引先の方とお見えになることもありますけど、お独りのことのほうが多いです」

単独ということは、気に入ったホステスがいるからではないか。茶屋がそれを訊くと由香は店内を見渡した。

「犬塚さんは、摩季《まき》さんのお客さんなんです」

由香は、三人連れの席でグラスに酒を注いでいる銀色のドレスのコを指差した。髪をアップに結っている。細面で姿勢がいい。横顔が糸島冬美に似ているように思われた。由香によると、犬塚はときどき摩季と同伴出勤するという。

「お客さんは、犬塚さんのお知り合いなんですか？」

「知り合いじゃないが、この店を犬塚さんが贔屓《ひいき》にしているって、ある人から聞いたもんだから。そうか、摩季さんがお目あてだったのか」

牧村は、二人のホステスになにか飲むようにとすすめた。

二人はカクテルをオーダーした。牧村がスポンサーだとみたようだ。

「摩季さんは、この店に何年も？」

牧村は、ホステスに一言でも多く喋らせる会話を心得ている。

「一年ぐらいです。その前はモデルをやってたんですって」

「モデルって、どんな？」

「ファッションだと思いますけど、ちがうのかしら」

ピンクのカクテルが二人に配られた。

「お名前をうかがっていいですか？」

赤いドレスのコが茶屋に訊いた。

答えないわけにはいかないので、名字だけいうと、

「やっぱり」

彼女は大きい目をなお丸くした。

彼女は風子《ふうこ》だと名乗ってから、毎週女性サンデーを買っているし、茶屋次郎の名川シリーズはかならず読んでいるといった。

「ありがとう。これからもあなたのような若くて可愛い人に読んでもらえるように、がんばります」

といったのは、牧村だった。彼は、由香と風子に名刺を渡した。

「編集長さん」

二人は同時にいって、牧村の顔に注目した。

「わたし、作家さんと本の編集をしている人に会ったの、初めて」

由香は爪を白く染めた指でカクテルをうまそうに飲んだ。

この店はどういう職業の人がよくくるのか、と茶屋が訊いた。

「不動産業と建設関係の方、設計士の方も見えます」

由香がそういったところへ、何人かが一斉に「いらっしゃいませ」といった。

「犬塚さん」

由香が低い声でいった。

茶屋と牧村は、犬塚のほうを向いた。

犬塚は、グレーの上着を肩に掛けていた。中肉中背だ。頬は瘦せている。

銀色のドレスが立ちあがった。摩季は犬塚がくるのを知っていたのか、彼の横にぴたりと寄り添って奥のボックスへ誘導した。どうやらそこは予約席のようだ。ママが立っていって犬塚に頭をさげた。彼は、ママの顔をちらりと見ただけだった。

茶屋は何度も犬塚のようすをうかがったが、摩季以外のホステスはついていなかった。牧村も、奥の席へチラチラと目を向けていた。

茶屋も犬塚の顔を頭に焼きつけた。

彼は、七月一日の日暮れどきを思い出した。鬼怒川温泉の糸島冬美の自宅前へ、シルバーグレーの乗用車がとまった。運転してきたのは男だった。その男の顔立ちをはっきり見ることはできなかったが、四十代だろうという見当はついた。車がとまったとき、金堀ではないかと思ったが、彼でないことだけは分かった。車も金堀のとはちがっていた。

その車の助手席に冬美は乗った。

彼女を乗せた車は、日が暮れたばかりの林のなかのホテルに吸い込まれていった。

そのときの冬美の服装も茶屋は記憶している。昼間の服装を着替えて、彼女は転がるように男の車に乗った。クリーム色のシャツに黒いスカートは、つつましく見えた。清らかな装いは、人目を意識しただけのものだったのだろうか。

5

茶屋は、練馬区の住宅街の一角にある小さな公園のベンチに腰掛けて、三十分ほど前から一点をにらんでいる。サヨコが近所で自販機を見つけて飲み物を買ってきた。風に流されてきた雲が日陰をつくったが、五分もしないうちに地面を焙《あぶ》るような陽が差してきた。サヨコが買ってきた飲料水を飲んだ茶屋はむせて、立てつづけに咳をした。サイダーだった。何年も口にしていなかった味である。

雀《すずめ》が二羽、木から落ちるように地面におりたが、人間に気づいたからか、すぐに飛び立った。

また三十分ぐらい経った。灰色の箱を伏せたようなかたちの家の玄関ドアが開いた。ふっくらしたつくりの白っぽいスカートの女性が出てきた。空をまぶしそうに見あげた。彼女がドアに手を掛けていると男が出てきた。ゆうべ歌舞伎町のクラブでしっかり顔立ちを覚えた犬塚竹茂だ。薄いブルーのジャケットを腕に掛けている。女性は妻だろう。彼女が丈の低い鉄扉を開けて、口を動かした。たぶん、「いってらっしゃい」といったのだろう。妻は毎朝、同じように夫を送り出していそうだ。学生の娘が二人いるが、茶屋とサヨコが張り込む前に家を出ていったのだろう。

茶屋はベンチから立ちあがった。サヨコと目を合わせ、うなずき合った。

犬塚は電車の駅へ向かうのか。ゆうに十五、六分を要する。駅へ着く前に車の往来の激しい道路をまたぐことになる。

彼は、道の角を二度曲がったところでケータイを取り出した。電話を掛けたようだ。

茶屋は犬塚の背中に接近した。

犬塚は立ちどまって、脇に抱えた小型の鞄へケータイをしまった。

「犬塚さん」

茶屋がいった。

犬塚はぴくりと肩を動かした。振り向いてから一歩退いた。よほどびっくりしたらしく、頬を引きつらせた。電話を終えてから考えごとでもしていたのではないか。彼は警戒と敵意がこもっているような目をしていたが、

「あなたは？」

と、かすれ声で訊いた。

茶屋が名乗ると、首をかしげて、

「どういう方ですか？」

と、茶屋とサヨコを見比べた。

茶屋は名刺を渡した。

犬塚は名刺を見たが、それには職業も肩書きも入っていないので、茶屋の顔を見直した。茶屋が職業を説明した。犬塚はますます険しい表情をして、

「私を、どうして知っているんですか？」

と、茶屋の全身に目を配った。

「先日、鬼怒川温泉のある場所で、お見掛けしたんです」

「鬼怒川……」

犬塚の顔つきが一変した。警戒の表情が怯えの目つきになった。

「ご出勤途上のようですが、どうしてもうかがわなくてはならないことがあります。立ち話でよければ、ここでお話ししますが、いかがですか？」

「旅行作家の方が、私に、どんな話が」

犬塚はいったが、道路を渡ったところにファミリーレストランがあるので、そこへ入ろうといって、信号を渡った。

店に入ると犬塚は最も奥の壁ぎわの席を選んだ。

三人はアイスコーヒーを頼んだ。

犬塚は、ほかの客が一組しか入っていない店内を見渡してから、なにを話したいのかと、眉を寄せた。茶屋の名刺を持ったままである。犬塚は、名刺を出さなかった。

茶屋は、ウエートレスが運んできた水を一口飲むと、糸島冬美の件だといった。

犬塚は、ズボンのポケットからハンカチを取り出すと、なにもいわずに額と頬を拭った。

「よくご存じの女性でしたね？」

茶屋は、落着きをなくしている犬塚をじっと見ながらいった。

「知りません」

「おとといの夜と、きのうの朝の報道で、全国の人が知った名前です。犬塚さんだけが知らないというのは、おかしい」

「いきなり人を呼びとめて、妙なことを訊くが、あなたの目的はなんですか？」

犬塚は、劣勢《れっせい》をはね返そうとするようないいかたをした。

「あなたがなさったことを、うかがうだけです」

「私の、したこと。……なんとなく脅されているような気がしますが」

「そう思われたら、弁護士でもどなたにでも立ちあわせてください。そういう方に話を聞いていただいたほうが、おたがいに好都合です」

「私に、どんなことを訊きたいんですか？」

「さっき申しあげました。糸島冬美さんをよくご存じでしたねと」

「いいえ」

「知らない女性を、その人の自宅から車に乗せて、ある場所で三時間ばかりすごし、そしてその人を自宅へ送り届けた。その日も、時刻も、正確に分かっているんです」

茶屋がいうと、犬塚は身震いのように肩を動かしたが、いくつかまばたきすると、目尻を吊りあげた。

「私は、見ず知らずの得体《えたい》の知れない人たちから、訳の分からないことを訊かれている。こういうのを脅しというんじゃないでしょうか」

激しい怒りをこらえているといいたげな顔つきをした。

「脅しだとお思いでしたら、警察に連絡されたらどうですか。私たちは一緒に、どこにでも出ますよ。……犬塚さんが話してくれなければ、私たちはこの足で警察へいく。今市署です。そこには捜査本部が設《もう》けられていて、三件の殺人事件を調べている。どんな事件かをご存じでしょうね？」

「知りません。私には関係のないことですから」

「そうですか。じゃ、いいましょう。……五月二十一日の深夜、鬼怒川温泉のエトワールというスナックに勤めていた富坂加奈子さん、三十歳が、自宅にほど近い鬼怒川で溺死した。酒に酔っていたわけでもない人が、通い慣れていた道を自宅に向かっている途中で川に落ちた。過っての転落とは考えにくいので、警察は殺人事件を視野に入れて捜査している。……二件目は六月二十五日、日光江戸村で、糸島未砂さん、三十一歳が、侍姿に変身した男に刃物で斬られた。その怪我が原因で彼女は翌日死亡した。糸島未砂さんは、冬美さんの夫の妹です。……冬美さんの夫だった糸島英俊さんは、五月八日、北アルプス山中で遭難死されました」

「茶屋さんは、ずいぶん詳しいようだが、私には関係のないことばかりです。私は仕事があって忙しい。会社にはお客さんがくることになっている」

犬塚は立ちあがりかけた。

「お忙しいでしょうが、きょうは仕事に身が入らないでしょう。あなたは糸島冬美さんの事件とは無関係を装うつもりで、ゆうべは歌舞伎町のクラブへ飲みにいかれた」

「そんなことまで……」

犬塚はハンカチを額にあてた。冷や汗がにじんだようだ。

彼の鞄のなかが苦しげにチリチリと鳴った。額を拭きながらケータイを耳にあてた。横を向くと前かがみになり、「ちょっと困ったことが」と、低声でいった。電話をよこしたのは彼の会社の小谷ではないか。彼女は、来客が待っているとでもいったような気がする。彼はからだを縮めるようにして、ますます小さな声で話していた。

「犬塚さんは、私が話した一連の事件とは関係がないといわれたが、糸島英俊さんとはお知り合いでしたね？」

「茶屋さんはおかしい。私は、あなたがいう人を一人も知らないといっているじゃないですか」

茶屋はわずかに口元をゆがめて見せ、アイスコーヒーを一口、ストローで吸いあげた。

「知っているといえない理由があるので、知らないといっている」

「どういう意味ですか？」

犬塚は目尻を吊りあげた。ハンカチをつかんでいる右手の拇指《おやゆび》がせわしなく動きはじめた。

「犬塚さんは、糸島英俊さんのお葬式に参列なさっているじゃありませんか。英俊さんを通じて冬美さんと知り合ったんでしょ。英俊さんの存命中から、彼女とは会っていたんですか？」

犬塚は、茶屋をひとにらみしてから目を伏せた。痛いところを衝かれたといっているようだ。

「犬塚さんは、冬美さんと特別な親しい間柄でしたが、それを英俊さんは知っていたでしょうか？」

「私は、彼女と、いや、そんな、特別だなんて……」

犬塚はしどろもどろになった。

「否定なさっても、事実は消せない」

「事実とは、なんのこと？」

犬塚は目をむいた。

「七月一日の日暮れどき、あなたは鬼怒川温泉の冬美さんの自宅へ、マークⅡで彼女を迎えにいかれたじゃないですか」

「えっ」

「車に彼女を乗せていった先も、分かっているんです」

「ど、どうして、茶屋さんは、そんなことまで？」

犬塚は茶屋だけでなく、サヨコの正体もさぐるような顔をした。

「七月七日の午前、あなたは取り返しのつかないことをしてしまった」

「なんのことです？」

「これから先、忘れることのできない日になるはずです」

「七日といったら、日曜だが……」

「あなたは、鹿沼市のゴルフ場へいらっしゃるといって、自宅を出たが、向かった先はゴルフ場ではなかった。鬼怒川温泉のどこかに車を置き、音楽祭が催《もよお》される鬼怒川公園へいく群衆にまぎれ込んだ。それから先をいう必要はないでしょう」

茶屋は、犬塚をにらむ目にいっそう力を込めた。

犬塚の顎が震えはじめた。その顔は、「なぜだ？」といっていた。彼は自分の行為が人に見られていたことが信じられないのだろう。

テーブルをはさんだ席では、暗夜の底のような沈黙がしばらくつづいた。

「犬塚さん。この足で警察へいってください。私が警察を呼ぶのは簡単ですが、脅迫して行為を吐かせたといわれたくないし、手柄をたてようとも思わない。あなたはご自分の意思で出頭され、理由を話してください」

茶屋はいったが、もうひとつ訊きたいことがあった。

「あなたは、七月一日に冬美さんとお会いになった。……なのに、どうして七日に、あんなふうに？」

また何分間かの沈黙のあと、

「彼女がふと思い出したらしく、小学生のとき、川治から鬼怒川温泉へ転居したことを話し出しました。父が死んだからだ、と彼女はいいました」

「あなたは、冬美さんの旧姓が兵頭で、お父さんの名は六輔さんだということを知っていましたね？」

「ええ」

「兵頭六輔さんは川治温泉のホテルの運転手だったが、二十九年前に、日光駅前で人身事故を起こした人だったのも、知っていましたね？」

「ええ」

犬塚は、首を動かさずに答えた。

「六輔さんが起こした事故によって、あなたのお姉さんが重傷を負われたのを、冬美さんに話しましたか？」

「姉と、姉の面倒を見つづけている母の姿が浮かびましたが、話しませんでした」

「なぜですか？」

「彼女が、急に甲高い声で、叫んだからです」

「叫んだ。なんていったんですか？」

『父は殺されました』と、狂ったような声で……」

「六輔さんは、自殺したのでなかった、という意味……」

犬塚は口を固く閉じた。顔が崩れるように表情を変えた。目は涙をためていた。

彼は鞄からケータイを取り出し、「きょうは会社へ出られなくなった」と伝えた。電話の相手は小谷恒子のようだ。相手は、「なぜか？」と訊いたらしいが、彼は答えず、ボタンを押した。

それから呼吸をととのえるように肩で息をしてから、一一〇番へ掛けた。

この地域の管轄は警視庁石神井《しゃくじい》署のはずである。

店内では客が入れ替った。昼どきが近づいた。

6

犬塚竹茂は、石神井署から栃木県警今市署へ移送され、糸島冬美殺害を自供したことが、テレビや新聞で大きく報道された。

犬塚は、冬美殺害を決意した動機を、日光市内のホテルにおいて彼女と会話中、小学生のころの思い出を語っていた彼女が急に、『わたしの父は殺されました』と、狂ったような声でいったからだ、と供述した。

冬美の父、兵頭六輔が鬼怒川温泉で溺死体で発見されたのは二十九年前、彼女が九歳のときだった。六輔は車を運転中、日光駅前の凍った道路で転倒した十九歳の女性と衝突した。女性は重傷を負い、寝たきりだし、いまだに会話もできない状態になっている。

事故の加害者の六輔は、事故の一か月ほど後、行方が分からなくなっていたが、三日後、遺体で発見された。生真面目だった彼は、女性に重傷を負わせてしまったことを苦にしての、自殺とみられていた。だが、行方不明になる夜、六輔が自宅とは反対方向へ歩いていたことが何人かに目撃されていた。目撃者のなかの複数の人が、『少年と一緒に歩いていた』と述べた記録が、現在も今市署に残っている。

そのときの少年は自分だった、と犬塚は供述した。二十九年前の目撃証言と犬塚の供述を照合したところ、ぴたりと一致する個所がいくつかあった。

当時十六歳の犬塚は、兵頭六輔の勤務が終わるのを待ち伏せしていて、『会って欲しい人がいる』といって、川の上流へ誘導した。六輔には彼の姉に重傷を負わせたという負い目があったからか、犬塚のいったことに逆らえなかったようだ。

犬塚は、あらかじめ下見しておいた場所にさしかかると、鬼怒川へ突き落とした。姉の紗希を受け持っていた医師は、意識の回復は望めないだろう、と彼女の症状を母に説明したのだった。それを聞いた犬塚は、怒りとともに加害者への恨みが沸騰《ふっとう》した。

去年の春、犬塚はイヌヅカインテリアの仕事の関係で東明舎勤務の糸島英俊と知り合った。糸島は、以前、同社の今市工場に勤めていたのだと、経歴を語った。食事をともにしたさい、妻は川治生まれで、鬼怒川温泉育ちだとも語った。双方の住所が比較的近かったことでも親近感を深めた。

犬塚は、糸島の経歴よりも、九歳で父親を失ったという妻の軌跡《きせき》のほうに興味を抱いた。そっと公簿を調べた。彼の勘はあたっていて、糸島の妻冬美の旧姓は兵頭。二十八年前に死亡した彼女の父親の名は六輔だった。

十六歳の犬塚は、姉が入院していた病院へ謝罪に訪れた冬美とその母親に一度会っていた。九歳の冬美は、母親にいわれて何度か頭をさげていた。

犬塚には父親がいなかった。彼が六歳のとき、両親は離婚した。母が紗希と彼を引き取ったのだった。

病院へ紗希の見舞いと謝罪に訪れた冬美の母は、たしか、『紗希さんには、お父さんは?』と、犬塚の母に尋ねた。それに対して母は、『子どもたちの父親は、何年も前に亡くなりました』と答えていた。

犬塚が川治温泉で、兵頭六輔を待ち伏せしたのは、冬美母子と病院で会った一週間後だった。

糸島の妻冬美が兵頭六輔の娘だったことを知った犬塚は、成長した彼女を見たくなった。

初夏の日曜日、犬塚は手みやげを持って糸島家を訪ねた。糸島に予告しておいたからか、犬塚は夫婦に歓迎された。彼は糸島と会話しながら、冬美を観察した。肌は白く、からだはしなやかで、物腰にそこはかとなく色気が感じられた。

彼女は犬塚を、自分の父親が車で怪我をさせた女性の弟だとは気づいていないようだった。彼は極力、郷里の話題を持ち出さないようにつとめた。

何日か後の平日の日中、犬塚は糸島家へ電話した。過日訪問したことの礼を冬美にいった。彼女はおっとりとした口調で、『お暇がありましたら、またお出掛けください。今度は、お嬢さんとご一緒にいかがですか』といった。

その日は、礼をいっただけにとどめたが、また何日か後、彼女に電話した。二人きりで食事ができないだろうかと、思いきったことをいってみた。

彼女は一瞬、胸に手をあてたような声を出したが、あらたまった声になって、『またお電話をください』といった。その言葉には耳朶《じだ》にはりつくような余韻があった。

日曜の訪問からほぼ一か月後の日暮れどき、二人だけの食事ができた。そのときも犬塚は、川治温泉も鬼怒川温泉も口にしなかった。『もう一度会ってくれませんか』彼は別れぎわにいった。冬美は、彼の胸の裡《うち》を読んだ返事をした。たぶん何年かぶりに男の告白を聞き、ときめきを覚えたようであった。

二度目の食事の訪れは半月後にあった。冬美は心がまえをととのえてきたようだった。

それは前回より口数の少ない点にあらわれていた。

以来、彼女とは月に一度、密かに会って四、五時間をともにする間柄になった。

彼はいつも冬美のことを、姉を十九にして一生を台なしにした人の娘であるのを忘れなかった。彼女のほうは、からだの隅にくすぶっていたものを燃やしきるように、外見からは想像できないほど奔放《ほんぽう》な時間をすごした。

彼女との関係が生じてほぼ一年が経った七月一日、彼女と一度利用したことのある林のなかのホテルですごした。二人は、清涼飲料水を飲みながら小ぶりのテーブルをはさんで話し合っていた。彼女は思い出話をはじめた。かつてなかったことだったが、川治から転居したくだりを語り出すと、突然、『わたしの父は殺されました』といって髪を激しく振った。父親が惹き起こした交通事故にも話を触れ、『災難だったのに』という言葉を繰返した。それまで見せたことのない狂態で、彼には、どこを見ているのか分からないその顔は醜悪《しゅうあく》でしかなかった。それと、『父は殺された』という一言に、彼は全身の血の凍る寒気を覚えた――

犬塚竹茂が糸島冬美殺しを自供し、それが報道された翌々日、今市署の赤岩刑事から事務所にいる茶屋に電話があった。

日光市出身で、東京・新宿区に住んでいる金堀文貴の身辺を調べ、犯罪の証拠さがしをつづけていたが、いくつかの証拠を挙げることができたので、逮捕したということだった。

「茶屋さんも、金堀を追いかけているようでしたので、それは無駄足になることを伝えておきます」

赤岩は、皮肉の薬味を効かせていった。

次の日も、その次の日も、新聞は金堀の犯行を大きく報じた。金堀は、証拠を突きつけられての追及に屈したようである。

新聞のタイトルは、「山の遭難死は偽装」となっていた。

金堀は、知友の間柄だった糸島英俊を登山に誘った。それまで糸島には登山経験がなかった。したがって登山装備一切のととのえかたを金堀が教えた。

五月初旬の北アルプスには深い残雪があるし、雪の降る日があってもおかしくはない。残雪や降雪の登降には、ピッケルとアイゼンは必携である。金堀は登山知識に疎《うと》い糸島に、ピッケルを持っていくことは教えたが、アイゼンのそなえがないと危険をともなうだけでなく、雪面の歩行が困難であり、疲労が増すのは伝えなかった。糸島は金堀のアドバイスを受けて、ザックと、防寒衣と、ピッケルを調達した。

山小屋利用の登山だが、万が一の場合のそなえとして、主食に近い食品と、副食品が必要だった。それについて金堀は、糸島の妻である冬美に相談をしかけた。『軽くて日持ちするクッキーが好ましい』と金堀がいうと冬美は、二人分のクッキーを焼くといった。冬美は金堀に、『あなたが食べるほうはカロリーたっぷり、糸島用のは低カロリーのを』といった。

糸島が食料をどうするのかを金堀に訊いたので、『最適な食品をつくるので、それはおれに任せてくれ』といった。

入山一日目は、横尾山荘へ泊まった。糸島は、何年ものあいだ長距離を歩いていなかったのでといって、初めて履いた山靴を脱ぐと、足をさすっていた。

二日目は、金堀が先頭に立って槍沢をさかのぼった。糸島はなにもいわずに歩いた。最終目的地は常念岳で、そこへは蝶槍の稜線へほぼ直登し、向きを北にとって常念をめざすのだが、金堀には黒い計画があった。その計画は冬美も呑み込んでいた。金堀は彼女に、『山のなかで、おれがバテてしまわないかぎり、糸島君は還《かえ》らないと思ってくれ』と、登山計画を立てたときに伝えていた。彼女は金堀に、『月に一回じゃなくて、三回も四回も会いたいの』といっていた。二人の関係は三年におよんでいた。

ダケカンバの疎林にはさまれた石河原をさかのぼっていると糸島が、『登りのコースは、横尾山荘から森林帯と書いてあったけど』とガイドブックの記述を思い出していった。『近道なんだよ。ちょっとキツいところがあるけど、常念小屋へは早く着ける』金堀は後ろを振り向いていった。

槍ヶ岳が見える沢の途中で右手に逸れた。クマザサの藪を漕いで森林帯に入った。凹凸《おうとつ》のある雪の傾斜地だ。ピッケルを突いているがアイゼンをそなえてこなかった糸島に、『登山用品店で、アイゼンをすすめられなかったの?』といった。糸島は首を横に振り、アイゼンを着装した金堀を恨めしげに見ていた。

一時間あまり登ったところで、金堀は左側に切れ落ちている一ノ俣谷を糸島にのぞかせた。岩壁にはさまれた谷底を、濁流が盛りあがるようにして鳴っていた。上流には壊れた吊り橋の残骸《ざんがい》が流れの起こす風に揺れていた。糸島の顔は蒼白になった。もしも斜面を滑って谷に転落したら、濁流にもみくちゃにされると想像したようだった。糸島は、谷から逃れるように、急斜面の雪面を這い登った。

二人は、窪地で食事をした。本来なら横尾山荘に昼食のにぎり飯を頼んでおくのだが、金堀はそれをしなかった。二人のザックにはクッキーがはいっていた。冬美が焼いたもので、金堀のはカロリーがたっぷりふくまれているが、糸島用に焼いたのは、低カロリーのものだ。しかし、金堀は、自分が食べるクッキーは自分でつくって、ザックに収めていた。冬美は、二人が食べるクッキーを二種類つくったといっていたが、じつは一種類で、小麦粉をまるめただけのものだったかもしれないからだ。

糸島は、クッキーをガツガツ食べ、積もっている雪を掘って、白い部分をすくって口に入れた。

アイゼンのない糸島は、たびたび雪の上に両手を突いた。ときには腹這いになることもあり、四、五メートル滑って逆もどりし、息を切らして登り返していた。彼は登山とはもっと楽しいものだと想像していたのではないか。稜線や頂上に登って、三百六十度の眺望に両手を高く挙げて叫ぶのを夢見ていたようだ。ところが雪の斜面は延々とつづき、ずっと先には霧がかかって見えず、森林のなかは夜明け前か、たそがれどきのように薄暗かった。

しかし、登っているうちに、かならずや常念岳か近くの稜線に着けるのを信じているようだった。

彼のその望みを、金堀は、『迷った』の一言で断ち切った。

『迷ったって、どういうこと?』糸島は雪の上にすわり込んだ。

『さっきから、どうもようすがちがうって思ってたんだ。いまどこにいるのか、はたしてこのまま登っていけば稜線に出られるのかが、分からないんだ。引き返せば、どこで迷ったのかが分かると思う』金堀は下りはじめた。糸島は黙ってノロノロとついてきた。転倒すると一〇メートルも滑り、しばらく立ちあがらなかった。

二人は、クッキーを五つ六つ食べ、雪を嚙んだ。雪では渇きをおさめることができず、二人とも滴《しずく》をためている細い木の根の先を口に入れた。

三日目の午後、糸島は動けなくなった。ときどき、『あんたは、山登りをそんなに経験していなかったんじゃないの』とか、『コースさえもよく知らないのに、ぼくを誘ったりして』と、愚痴を口にした。夕暮れとともに口を利かなくなり、クッキーを一つ二つまずそうに口に入れていた——

糸島英俊を見送る葬儀場で、喪服姿の冬美は会葬者が、はっと立ちどまるほど美しかった。もとから色白の顔は痩せて蒼白かった。夫の死をほんとうに哀しんでいるように、白いハンカチを目にあてていた。金堀の目には彼女のその表情が不思議でならなかった。会葬者から悔みの声を掛けられると、ハンカチで口を押さえて頭をさげていた。泣きどおしだったように、目は赤かった。心から哀しんで、後悔しているのではないかと思った。

処女山行の者が死亡したのだから、世間から金堀は責められることを覚悟していた。だが、糸島の友人で、登山経験のある茶屋次郎と三田村旭が、遭難地点へ登ってきたと聞いたときはどきりとした。二人は追悼に花を手向《たむ》けてきただけではなく、糸島の遭難死に疑いを抱いていることが分かった。

疑惑を抱いたのは、茶屋と三田村のみではなかった。かつて知り合っていた鬼怒川温泉の富坂加奈子が会いにきて、山中で糸島が息を引き取るまでを詳しく訊いた。彼女は、金堀の話だけでは納得できなかったらしく、上高地までいき、糸島の遺体収容にあたった山岳救助隊員に会ってきたのを知った。

『金堀さんはおかしいですよ。常念へ登るのに、正規のコースを登っていないようじゃないですか』と、加奈子はとがった声の電話をよこした。

同じようなことをいって会いにきたのは、糸島の妹の未砂だった。

彼女は、テレタイムというテレビ番組制作会社の社員。「山ガール」と呼ばれている女性登山者が、登山計画から装備と服装を調達して、実際に北アルプスへ登る行程の制作に参加した経験があった。彼女はカメラマンたちのスタッフと一緒に、女性のグループを追って岩山を登ったのだった。その番組をつくるにあたって、撮影する山に登っただけでなく、登山ガイドにも会っていた。

それらの経験から、『初心者の兄は、雪が積もっているのも知らず、あなたにいわれるまま、ちがったコースを登り、目的の山に登ることもできず、ただ歩きまわっただけで亡くなってしまいました』といい、『金堀さんは、山行リーダーとして不適格というだけでなく、兄を山へ誘ったことになにか意図があったのでは』ともいった。そして、『兄の友人だった三田村さんや茶屋さんの知恵を借りて、この遭難を徹底的に調べるつもり。金堀さんにもきてもらって、登山計画から出発、そして最終地点までのコース、残雪帯をなぜいったりきたりしていたのかなどを、詳しく訊く機会をもうけます。人が一人亡くなったんだから』と、押しつけるようにいった。それは検討の会合というよりも、金堀を吊しあげる糾弾《きゆうだん》の会だと認識した。

金堀は、加奈子と未砂を、この世から抹殺《まっさつ》することにし、二人の日常生活と、行動のスケジュールを手に入れ、殺害を計画した。日夜、何人かに追いかけられている危険を削《そ》ぎ落としたかった。糸島の遭難について世間から冷ややかな目で見られるのは覚悟していたが、遭難死を疑っている者が身近に迫ってくるのは、予想のほかであった。それと後悔の念が頭から去ることがなかった。

金堀は日光江戸村で侍姿に変身した。未砂が加わっている撮影班に近づいて彼女の動きを観察していた。前もって変身処にそなえられている侍の衣裳を調べた。それによく似た柄の着物を持っていき、甲州屋のトイレで着替えた。未砂の行動を観察しているうち、彼女が厠へ向かった。その彼女を、無人の甲州屋へ引っぱり込んで斬ったり刺したりした。犯行時に着ていた物は、彼女を斬ったさい返り血を浴びているから持ち帰った。

犯行現場の甲州屋の床には毛髪が何本か落ちていた。捜査本部は、かねてからマークしていた金堀文貴の毛髪を入手して、それのＤＮＡ鑑定をした。その結果、甲州屋の一本が金堀であったことが確認された。

金堀は、かねてから冬美と秘密の関係を持っていたが、彼女をも危険人物の一人だとみるようになった。金堀が夫の糸島を山へ誘って、登山者にありがちな遭難に見せかけて殺したことの一部始終を知っている人間だったからだ。それと、自分だけが複数の人に追いかけられているのに、冬美は人から同情をかい、安全地帯にいるようにみえ、憎しみさえ湧いてきた。

それに、夫の糸島が死んでからの冬美は、金堀に対してそっけなくなった。彼は彼女を恨む日がつづくようにもなった。

以前から金堀は、冬美が虫嫌いであるのを知っていた。虫の話、植物に棲みつく無数の虫の話を彼がしたら彼女は、『やめて』と鋭い声を出して、血の気のひいたような顔をしたことがあったのを思い出した。毒を持っているセアカゴケグモが、鬼怒川温泉の廃業したホテルに巣くっているのを知っていたので、公園で遊んでいる糸島有呂とその仲間に、『実験で必要なので蜘蛛を何匹もつかまえてくれないか』と持ちかけた。

少年たちは興味を示し、廃屋脇の薄暗い路地で真剣に黒い虫をさがした。

金堀はあらかじめ用意していた一匹の毒蜘蛛を、夢中になって虫をさがしている有呂の背中へ投げ入れた。それまで脱出口をさがしていた毒蜘蛛は、彼の背中に嚙みついた。

有呂の被害を知らされた冬美は、現場へ駆けつける。彼女はそこで少年らから黒い虫を見せられる。そのとたんに彼女が気を失って倒れ、あるいはショック死することも考えられた。

金堀が希《のぞ》むように彼女は死ななかったが、精神的なダメージを受けたにはちがいなかった。

金堀は冬美を、なんとかしてこの世から葬《ほうむ》りたかった。夜間に呼び出して、川へ突き落とせば、自殺という見方がされるのではないかとも考え、川の付近をうろうろしたこともあった。が、なんと彼女は日曜日に、他人の手によって無惨な死を遂げた。

報道によって、冬美を手にかけたのは犬塚竹茂という男だったのを知った。冬美と犬塚は一年前から親密な間柄だったという新聞記事を読み、冬美の白いからだを思い浮かべて、身震いした。彼女がどうして犬塚に殺されたのかを知らないうちに、金堀は今市署の捜査本部へ連行された。

茶屋次郎と三田村旭を、同時に殺す方法を考えていた矢先だったと、彼は取調官に追及されて自供したのを、茶屋は赤岩刑事から聞いた。

茶屋は、事務所へやってきた三田村と、ビールを注ぎ合いながら語り合った。

糸島英俊は、金堀文貴と登山を計画したとき、初めての山旅が、人生の最期になるかもしれないのを、予感したろうか。

山道にかかったとき、やがて登頂の達成感を味わえるものと信じて、金堀の一歩後ろを歩いていただろうか。

糸島は息を引き取る前、金堀の仕掛けに気づいただろうか。しかし、彼には立ちあがる余力は残っていなかった。なぜ自分がこのような目に遭うのかを理解したろうか。

糸島は一度でも、妻の日常を疑ったことがあった男だろうか。彼は冬美との出会いの日を、記憶していただろうか。

「山岳救助隊の伏見さんが、糸島が亡くなった現場付近で拾ったクッキーは、糸島君のものといままで思い込んでいたが、それは冬美が金堀に持たせたものだったかも……」

三田村がグラスをつかんでつぶやいた。

参考文献
『週刊にっぽん川紀行　鬼怒川』（学習研究社）

著者注・この作品はフィクションであり、登場する人物および団体は、すべて実在するものといっさい関係ありません。

（この作品『日光 鬼怒川殺人事件』は、平成二十五年七月、小社ノン・ノベルから新書判で刊行されたものです。なお、本文中の地名なども当時のままとしてあります）

日光 鬼怒川殺人事件

一〇〇字書評

切・り・取・り・線

購買動機（新聞、雑誌名を記入するか、あるいは○をつけてください）	
□（　　　　　　　　　　　　）の広告を見て	
□（　　　　　　　　　　　　）の書評を見て	
□ 知人のすすめで	□ タイトルに惹かれて
□ カバーが良かったから	□ 内容が面白そうだから
□ 好きな作家だから	□ 好きな分野の本だから

・最近、最も感銘を受けた作品名をお書き下さい

・あなたのお好きな作家名をお書き下さい

・その他、ご要望がありましたらお書き下さい

住所	〒				
氏名		職業		年齢	
Eメール	※携帯には配信できません	新刊情報等のメール配信を 希望する・しない			

この本の感想を、編集部までお寄せいただけたらありがたく存じます。今後の企画の参考にさせていただきます。Eメールでも結構です。

いただいた「一〇〇字書評」は、新聞・雑誌等に紹介させていただくことがあります。その場合はお礼として特製図書カードを差し上げます。

前ページの原稿用紙に書評をお書きの上、切り取り、左記までお送り下さい。宛先の住所は不要です。

なお、ご記入いただいたお名前、ご住所等は、書評紹介の事前了解、謝礼のお届けのためだけに利用し、そのほかの目的のために利用することはありません。

〒一〇一‐八七〇一
祥伝社文庫編集長 坂口芳和
電話　〇三（三二六五）二〇八〇

祥伝社ホームページの「ブックレビュー」からも、書き込めます。
http://www.shodensha.co.jp/bookreview/

祥伝社文庫

日光《にっこう》 鬼怒川《きぬがわ》殺人事件《さつじんじけん》

平成28年6月20日　初版第1刷発行

著　者　梓《あずさ》 林太郎《りんたろう》

発行者　辻浩明

発行所　祥伝社《しょうでんしゃ》
東京都千代田区神田神保町3-3
〒101-8701
電話　03（3265）2081（販売部）
電話　03（3265）2080（編集部）
電話　03（3265）3622（業務部）
http://www.shodensha.co.jp/

印刷所　錦明印刷
製本所　ナショナル製本
カバーフォーマットデザイン　芥 陽子

 ISBN978-4-396-34214-2 C0193